파우스트 I

Die Tragödie erster Teil

Johann Wolfgang von Goethe, Faust, in : Goethes Werke, Hamburger Ausgabe, 12. Auflage. 1982. Band 3.

파우스트 I

Die Tragödie erster Teil

비극 제 I 부

요한 볼프강 폰 괴테 지음
윤용호 옮김

주요 인물

하인리히 파우스트
16세기 독일의 전설적인 마술사. 학자. 인생 탐구자.
지식에 절망하고 사랑에서 삶의 보람을 찾는다.

메피스토펠레스
악마. 파우스트의 길동무가 되어 그의 영혼을 빼앗으려 한다.

바그너
파우스트의 제자로 실리주의자.

마르가레테(또는 그레첸)
순진하고 가련한 평민 소녀.

마르테 슈베르틀라인
그레첸의 이웃 여자로 뚜쟁이 노릇을 한다.

발렌틴
그레첸의 오빠. 군인.

차례

헌사(獻詞)

일찍이 내 눈앞에 아른거렸던
희미한 자태들이 다시 떠오르는구나.
이번에는 그대들을 붙잡아 볼 수 있을까?
내 마음 아직도 그 환상에 붙잡혀 있는가?
그대들은 뿌연 안개 속에서 피어올라   5
내 주위로 밀려오는구나! 좋다, 오너라.
그대들이 품어내는 마법 같은 기운으로
내 가슴은 젊은이의 떨림을 느낀다.

그대들과 함께 즐거웠던 날의 모습이 떠오르고
사랑스러웠던 여러 환영도 다시 떠오른다.   10
거의 잊힌 옛 노래처럼
희미해진 첫사랑과 우정이 새삼 그리워진다.
고통은 새로워지고, 삶의 미로를 더듬는
탄식은 반복된다.
행복을 기원하며 아름다운 시절을 보내다가   15
나보다 먼저 간 선량했던 사람들을 불러본다.

나의 첫 노래를 들었던 그들은
이어지는 다음 노래를 듣지 못하겠지.

다정했던 모임은 흔적 없이 사라졌고,
최초의 메아리는 어디로 흘러갔을까?   20
나의 노래는 이제 낯선 이들 사이에 울려 퍼지고,
그들의 갈채는 내 마음을 무겁게 하는구나.
옛날 나의 노래를 즐겨 들었던 벗들은
이제는 세상 어딘가에 흩어져 살고 있겠지.

오래전에 버린 저 고요하고 정숙한 정령의   25
나라를 향한 그리움이 다시 나를 사로잡는구나.
바람의 신 에올스의 하프처럼, 속삭이는 나의 노래가
어렴풋한 가락으로 울려 퍼지면,
내 온 몸은 전율에 휩싸이고, 눈물은 눈시울을 적시며,
엄숙했던 마음은 온화해지고 부드러워진다.   30
지금 내가 지닌 것은 멀게 느껴지고,
이미 사라졌던 것이 다시 현실로 나타나는구나.

무대 서막

단장, 극작가, 어릿광대

단장

　　힘들고 어려울 때 늘 내 곁에서

　　날 도와주었던 그대 두 사람,

　　우리의 공연이 이 독일 땅에서　　　　　　　　　　　　35

　　어떤 기대를 걸 수 있을지 이야기 좀 해보세.

　　내 소망은 인생에 대해 배우기도 하고

　　배움을 주기도 하는 관객을 즐겁게 해주는 일일세.

　　무대에 기둥도 세우고 마루도 깔았으니

　　이젠 모두들 축제가 벌어지길 바라고 있네.　　　　　40

　　그들은 벌써 자리에 앉아 눈을 크게 뜨고

　　놀라운 일이 일어나기만 의젓하게 기다리고 있네.

　　관객의 마음을 주무르는 방법쯤은 알고 있지만,

　　이처럼 조마조마한 적은 결코 없었네.

　　물론 그들이 최상의 작품에만 익숙한 것은 아니겠지만,　　45

　　놀랄 만큼 많은 책을 읽은 건 사실이거든.

　　어떻게 하면 모든 게 산뜻하고 새로우며

　　의미 있게 저들의 마음을 사로잡을 수 있을까?

　　물론 나도 관객이 이 좁은 은총의 문을

들어서겠다고 몇 번이고 서로 몸을 부딪혀가며   50

물밀듯이 우리 극장으로 몰려드는 것을

보고 싶단 말일세.

오후 4시도 되기 전인 밝은 대낮에 벌써 밀고 밀리면서

매표소로 달려들어 마치 기근 때 빵을 구하기 위해

가게 앞에서 소동을 벌이듯,   55

입장권 한 장 때문에 머리 터지게 싸운다면 얼마나 좋겠나.

여러 사람들에게 이런 기적을 행할 자

오직 작가인 자네뿐이니, 오늘 솜씨 한번 발휘해보시게.

작가

오, 제발 저 잡다한 대중들 이야기는 그만 두십시오.

그들 모습은 보기만 해도 얼이 빠질 지경입니다.   60

우리를 꼼짝없이 혼란 속으로 빠져들게 하는

저 광란의 무리들이 보이지 않도록 가려주십시오.

아니, 저를 차라리 조용한 천상의 한 구석으로 데려다 주십시오.

그곳에서만이 작가에게 순수한 기쁨이 피어나고,

그곳에서만이 사랑과 우정이 마음의 축복을   65

성스러운 손으로 가꾸고 심어줄 것입니다.

마음 깊은 곳에서 샘처럼 조용히 솟아올라,

우리 입술이 수줍어하며 노래한 것,

때로는 실패도 하고 때로는 성공도 하지만,

난폭한 순간의 힘은 이것을 삼켜버리기도 합니다.   70

이것은 종종 각고(刻苦)의 긴 세월을 통해

완성된 모습으로 나타나기도 합니다.

찬란하게 빛나는 건 순간을 위해 생겨난 것이지만,

참된 건 후세까지 사라지지 않고 남는 것입니다.

어릿광대

난 그 후세란 말 좀 듣지 않았으면 합니다.   75

내가 훗날의 이야기만 한다고 생각해 보세요.

도대체 누가 현재에 대해 익살을 부린단 말입니까?

익살은 사람들이 원하는 것이고 또 반드시 필요한 것이지요.

그것을 위해 유능한 젊은이가 존재한다는 것은

바람직한 일이라 여겨집니다.   80

유쾌하게 자신의 심중을 털어놓을 줄 아는 자는,

군중의 기분 따위에 신경을 쓰지 않습니다.

그가 원하는 것은 관객을 모으는 일입니다.

그래야 더욱 신명나게 흥을 돋을 수 있으니까요.

그러니 당신도 멋들어진 걸작을 하나 선보이세요.   85

이성, 오성, 감성, 정열 등 모든 것을 이용해서,

온갖 종류의 노래와 함께 구상을 해보세요.

하지만 명심하세요, 익살을 빠뜨려선 안된다는 사실을!

단장

그러나 무엇보다 사건이 풍성해야지!

사람들은 구경하러 오는 것이고, 특히 보는 걸 좋아하니까.   90

볼거리가 잔뜩 눈앞에 전개되면

관객들은 입을 딱 벌리고 찬탄할 게고,

자네의 명성은 곧 널리 퍼져서

틀림없이 인기작가가 될 걸세.

관객들을 상대할 땐 수량 공세를 펴는 수밖에 없어.   95

그래야 각자가 무언가를 얻어 갈 수가 있지.

많이 늘어놓아야 많은 사람들에게 무엇인가가 돌아갈 게고,

각자 흡족한 마음으로 극장 문을 나설 것이네.

작품 하나를 공연하더라도 여러 조각으로 나누어 내놓게나.

그 정도 뒤범벅쯤은 쉽게 만들어낼 수 있겠지?   100

공연하기 쉬운 건 상상해내기도 쉬울 거야.

설사 완벽한 작품을 내어 논들 무슨 소용이 있겠나?

관객은 그걸 조각조각 뜯어갈 텐데.

작가

그런 손재주가 얼마나 나쁜 건지 당신은 느끼질 못하는군요.

진정한 예술가에겐 당치 않은 일입니다.   105

사이비 작가들의 너절한 작품이

어느새 당신 극단에서 최상의 작품이 된 모양이군요.

단장

그 따위 비난쯤 난 개의치 않네.

정말로 영향력을 발휘해 볼 생각이라면

최상의 도구를 사용해야지.   110

연한 나무를 쪼개야 한다고 생각해보게,

그리고 누굴 위해 작품을 쓰는 건지 한번 살펴보게!

따분한 기분을 쫓기 위해 찾아오는 자,

과식한 후 포만감을 달래러 오는 자,

그리고 가장 최악의 경우론,   115

신문 읽다 재미없어 달려오는 자들을 들 수 있네.

이들은 가장 무도회에 가듯이 건성으로 우릴 찾아오는데,

그야말로 호기심에서 발걸음을 서두른다네.

여인네들은 화려한 몸단장으로 자신을 과시하며

수당도 안 받고 우리 공연에 일조해주지.   120

작가라는 자네, 잔뜩 고자세를 취하며 무얼 꿈꾸는가?

이 북적대는 극장에서 무엇이 자네를 즐겁게 한단 말인가?

가까이 가서 관객들을 관찰해보게.

절반은 여유 없이 냉정하고 절반은 촌스럽다네.

공연이 끝나면 카드놀이를 벌이거나,   125

창녀의 품에서 밤을 보내려는 그런 자들이지.

이런 볼품없는 바보들을 상대로

고귀한 뮤즈 신을 괴롭히겠단 말인가?

공연물을 그저 많이만 내놓게.

그러면 자네 목표는 빗나가지 않을 거야.   130

사람들을 어리둥절하게 만들라고.

그들을 만족시키기란 어려운 일이니 …

아니, 왜 그러나? 감동을 한 건가 아니면 고통을 느끼는 건가?

작가

나가셔서 다른 종놈을 하나 찾아보시지요!

명색이 시인이라면, 자연이 베풀어 준   135

지고한 권리, 즉 인간의 권리를

당신의 장사를 위해 지각없이 희롱할 수는 없습니다!

작가는 무엇으로 만인의 심금을 울릴까요?

작가는 무엇으로 각자의 존재를 극복해 낼 수 있을까요?

그것은 우리의 가슴속에서 우러나와 온 세계를 다시   140

가슴속으로 끌어 들이는 조화의 힘이 아닐까요?

자연(自然)이 저 끝없이 긴 실오라기를

무심히 물레에 감아 돌릴 때,

화합을 모르는 무리들은

불쾌하게 서로 고함을 질러댑니다.   145

누가 변함없이 흐르는 세월을 나누어서

생명을 불어넣고, 운율을 작동하게 만들까요?

누가 개별적인 것을 성스러운 것으로 붙잡아

아름다운 화음으로 만들까요?

누가 폭풍을 맹위를 떨치는 격정으로 만들 것이며,   150

저녁노을이 의미 깊게 불타오르도록 할까요?

누가 사랑하는 사람이 가는 길에

아름다운 봄꽃을 뿌려줄 것이며,

누가 이름 모를 잎사귀들을 엮어

공적을 기리는 영예의 화환으로 만들겠어요?   155

누가 올림포스 산을 지키고,

누가 신들을 화합케 하겠어요?

그것은 오로지 작가에게 나타나는 인간의 힘뿐이지요.

어릿광대

그렇다면 그 훌륭한 힘을 이용해,

작품 장사를 한번 해보십시다.   160

마치 사람들이 사랑의 모험에 몰두하듯 말입니다.

우연히 가까워져 의기투합해 머물다가

점점 인연의 깊은 굴레 속에 얽혀드는 거지요.

행복해지는가 싶더니 싸움이 벌어지고,

깨가 쏟아지는가 싶더니 고통이 뒤따라,   165

순식간에 작품 한 편이 엮어지는 겁니다.

우리도 이런 연극 한번 해봅시다!

풍성한 인간의 삶속에 손을 내밀기만 합시다.

모두 체험은 하면서도 의식하는 사람은 많지 않으니,

그걸 붙잡아내기만 해도 흥미로운 것이 되겠지요.   170

찬란한 형상 속에 밝은 모습은 뚜렷하지 않으니,

수많은 오류 속에 한 줄기 진실의 불꽃을 피우면

그것으로 최상의 술을 빚어낸 셈이니,

온 세상은 생기를 띠고 소생하게 될 것입니다.

그러면 꽃다운 젊은이들이 모여들어   175

당신의 연극을 보며 그 깨우침에 귀를 기울일 것입니다.

정감에 넘치는 사람들은 당신의 작품에서 감상의 자양분을

빨아들일 것이고, 때로는 이것 때로는 저것에 감동되어

각자 마음속에 무언가를 간직하게 될 것입니다.

그들은 당장에라도 울고 웃을 준비가 되어 있으며,   180

고양된 정신을 좋아하고, 가상의 세계를 즐기지요.

성숙한 사람에겐 그 어느 것도 만족스럽지 못하지만,

성장해가는 사람들은 언제나 감사하는 마음으로 받아들일 것입니다.

작가

그렇다면 내 자신도 아직 미완성이던

시절로 되돌아가고 싶소.   185

노래의 샘물이 끊임없이

용솟음쳐 오르던 그 시절,

안개가 온 세상을 가리고

꽃봉오리가 아직도 기적을 약속해 주던 시절,

모든 골짜기를 가득 메웠던   190

온갖 꽃들을 꺾었던 그 시절로.

가진 것 없어도 마음은 흡족했습니다.

진리의 충동과 환상의 기쁨이 있었기 때문입니다.

아무런 구속도 받지 않던 충동,

깊고도 괴로움에 찬 행복,   195

미움의 힘, 사랑의 위력,

나의 젊은 날로 되돌아가고 싶소!

어릿광대

이봐요, 친구. 젊음이 필요할 때란 기껏해야

싸움터에서 적군이 밀려올 때라든지,

사랑스런 아가씨들이 애교를 떨며 200

그대의 목에 매달릴 때라든지,

달리기 경주에서 승리의 월계관이

도달하기 어려운 결승점에서 손짓을 할 때라든지,

아니면 미친 듯 격렬하게 춤을 추고난 후,

밤을 지새우며 술잔치를 벌였을 때 정도일거요. 205

하지만 마음을 기울려 우아하게

익숙한 솜씨로 악기를 연주하며

자신이 설정한 목표를 향해

애정을 가지고 다가가는 것이

성숙한 그대들의 의무일 것입니다. 210

그렇다고 그대들을 덜 존경하는 것은 아닙니다.

흔히 말하듯 늙으면 어린이가 되는 게 아니라

진정 어린이처럼 지낸다는 뜻입니다.

단장

말은 충분히 주고받았으니

이제 그만 행동을 보여주게나. 215

그대들은 겉치레 말을 주고받으면서도
무언가 유익한 일을 할 수도 있었을 것이네.
기분만 가지고 왈가왈부한들 무슨 소용이 있겠나?
망설이는 자에게는 기분도 느껴지지 않을 걸세.
그대가 일단 작가를 자처하고 나섰으니   220
작품을 한번 불러내보게.
우리가 필요로 하는 건 그대들도 알다시피
독한 술을 한번 마셔보는 것일세.
그러니 서둘러 술을 빚어주게나!
오늘 이루지 못할 일은 내일도 이루어질 수 없다네.   225
하루도 헛되이 보내지 말고,
가능성이 보이면 과감하게
결심을 굳혀야 하고,
그것을 놓치지 않도록
계속해서 밀고 나가야 하네.   230

그대들도 알다시피 우리 독일 무대에서는
누구나 원하는 일을 시도해 볼 수 있으니
오늘은 배경이건 소도구건
마음대로 사용해보세.
크고 작은 천상의 조명들을 모조리 동원하고   235
별들도 얼마든지 사용해 보세.

물, 불, 암벽은 물론

동물과 새들도 빠져선 안되네.

비록 비좁은 가설무대이지만

창조의 온 영역을 재현해 놓고   240

알맞은 속도로 두루 거닐어보세.

천국에서 현세를 거쳐 지옥에 이르기까지.

천상의 서곡

주님, 천사들, 후에 메피스토펠레스.

대천사 셋이 앞으로 나선다.

라파엘

태양은 예나 다름없이 웅장하게 솟아올라

수많은 천체들과 조화를 이루며

정해진 길을 따라   245

우레 같은 걸음을 내딛는다.

그의 모습은 천사들에게 강력한 힘을 주나니

그 오묘한 진행을 터득할 자 없어도

불가해 하고 고귀한 역사(役事)는

천지창조의 그날처럼 장엄하도다.   250

가브리엘

상상할 수 없이 빠른 속도로

지구는 화려하게 태양 주위를 돌고,

천국의 밝은 낮은

어둡고 무서운 밤과 교차된다.

드넓은 바다는 물결쳐오다가　　　　　　　　　　　255

깎아지른 암벽에 부딪혀 솟구쳐 오르고,

암벽도 바다도 천체의 빠르고

영원한 운행 속에 휩싸인다.

미하엘

폭풍은 쉴 새 없이

바다에서 육지로, 육지에서 바다로 휘몰아치며,　　　260

오묘하게 작용하는

광란의 사슬을 엮는다.

번갯불이 벽력같이 천지를 울리고

섬광을 번쩍거리지만,

주님이여, 당신의 사도(使徒)들은　　　　　　　　265

온화하게 진행하는 당신의 날들을 찬양합니다.

세 천사

광활한 모습을 보면서 천사들은 힘을 얻고,

누구도 주님의 오묘한 섭리를 헤아릴 수 없지만,

당신의 고귀한 역사는

천지창조의 그날처럼 장엄합니다.   270

메피스토펠레스

오, 주님이시여, 이렇게 가까이 오셔서

우리의 모든 일이 잘 되어 가는지 물어주시고,

나 같은 놈도 만나주시는 덕에

나도 사도들 틈에 끼게 되었습니다.

죄송하지만 나는 고상한 말을 할 줄 모릅니다.   275

좌중의 여러분이 날 비웃어도 어쩔 수 없습니다.

내가 점잖은 척해봐야 웃음거리밖에 더 되겠습니까?

당신이 웃음을 버리지 않았다면 말입니다.

태양이니 세계니 하는 것에 대해선 말할게 없소이다.

내 눈에 보이는 건 그저 인간들이 괴로워하는 모습뿐이니까요.   280

지상에서 작은 신을 자처하는 놈들은 언제나 같은 모습으로,

천지창조의 그날처럼 괴상하기만 합니다.

차라리 주님께서 하늘의 빛을 비춰주지 않았던들

그들은 좀 더 잘 살 수 있지 않았을까요?

그들은 그것을 이성이라 부르며   285

어떤 동물보다 더 동물적으로 사는데 써먹고 있습니다.

이렇게 말씀드리긴 실례입니다만,

인간이란 다리 긴 메뚜기 모양

날아가는 듯 하다가는 팔딱팔딱 뛰면서

풀숲에 처박혀 케케묵은 옛 노래나 불러대는 족속이죠.   290

아니, 풀 속에 박혀나 있으면 좋으련만,

거름더미를 보기만 하면 코를 쑤셔 박는 답니다.

주님

그대가 내게 할 말은 그런 것뿐이란 말이냐?

그대는 항상 그런 불평만 늘어놓으러 온단 말이냐?

지상의 일이 그대에겐 그렇게 못마땅한가?   295

메피스토펠레스

그렇습니다. 지상이란 정말 추악한 곳입니다.

인간들의 비참한 날들이 내게도 동정심을 불러일으켜,

나 같은 악마도 그 불쌍한 놈들을 괴롭히고 싶지 않습니다.

주님

파우스트란 자를 아는가?

메피스토펠레스

그 박사 말인가요?

주님

나의 종일세!

메피스토펠레스

그렇군요! 그자는 독특한 방식으로 당신을 섬깁니다.   300

그 바보가 먹고 마시는 건 지상의 것이 아닙니다.

가슴속 흥분이 그를 먼 곳으로 몰아가는데,

그도 자신의 바보짓을 의식하고 있는 것 같습니다.

그는 하늘에서 가장 아름다운 별을,

그리고 지상에서 최상의 쾌락을 원하지만,   305

가까운 것이나 먼 것 모두

감동을 바라는 그의 마음을 만족시키지 못하지요.

주님

지금은 비록 혼란한 상태에서 날 섬기고 있지만,

나는 곧 그를 밝은 곳으로 인도할 것이다.

정원사도 나무가 푸르러지면,   310

꽃이 피고 열매가 열릴 때를 알지 않더냐?

메피스토펠레스

내기 할까요? 아무리해도 그자를 잃고 말 것입니다.

허락만 해주신다면, 그 녀석을

슬쩍 나의 길로 끌어내리겠습니다.

주님

그가 지상에 살고 있는 동안   315

무슨 유혹을 하든 말리지 않겠다.

인간은 노력하는 한 방황하는 법이니까.

메피스토펠레스

고맙습니다. 사실 난 죽은 놈들과

상대하는 걸 좋아하지 않습니다.

포동포동하고 싱싱한 뺨을 가진 놈을 좋아하지,   320

죽은 놈이 찾아오면 문을 닫아버린답니다.

고양이가 죽은 쥐를 싫어하는 것처럼 말입니다.

주님

좋다. 그대 마음대로 해보아라.

그의 영혼을 근원에서 끌어내,

그것을 붙잡을 수 있다면,   325

그대의 길로 유혹하여 보아라.

하지만 언젠가는 얼굴을 붉히며 자백할 것이다.

선한 인간은 어두운 충동 속에서도

올바른 길을 잘 알고 있다고.

메피스토펠레스

좋습니다. 오래 걸리지 않을 것입니다.   330

내기에 대해 전혀 걱정하지 않습니다.

나의 목적이 이루어지게 되거든

가슴 부푼 승리의 노래를 부르게 해주십시오.

녀석은 열성을 다해 쓰레기를 퍼먹게 될 겁니다.

내 숙모인 저 유명한 뱀[1]이 유혹했던 이브처럼.   335

주님

언제라도 나를 자유롭게 찾아오너라.

나는 그대들을 미워한 적이 없다.

부정을 일삼는 정령들 중에서도

너희 같은 익살꾼은 조금도 짐스럽지 않구나.

---

1) 이브를 유혹해서 아담과 이브에게 지혜의 열매를 먹게 한 뱀.

인간의 활동력은 너무나 쉽게 무기력해져,   340

무조건 쉬기를 좋아하니,

내 그들에게 적당한 친구를 붙여주고자 하노라.

그들을 자극해서 활동하도록 악마의 역할을 다 하라.

그러나 너희들 진정한 신의 아들들아,

신선하고 풍요로운 아름다움을 향유하도록 하여라.   345

영원히 살아서 작용하는 생성의 힘이

애정 어린 사랑의 울타리로 너희를 둘러싸리라.

그리하여 아물대는 자태로 떠다니던 것이

영원히 지속되는 생각들로 정착되리라.

하늘이 닫히고, 대천사들 흩어진다.

메피스토펠레스 (혼자서)

가끔 나는 저 노인네 만나는 게 즐거워,   350

그래서 사이가 나빠지지 않도록 조심을 하지.

위대한 주님치곤 너무 인정이 많아,

나 같은 악마까지도 인간적으로 대해 주니 말이야.

비극 제I부

밤

높은 아치형 천장을 한 비좁은 고딕식 방.
파우스트, 불안하게 책상 앞 의자에 앉아 있다.

파우스트

아! 나는 철학도

법학도, 의학도,   355

심지어 신학까지도

온갖 노력을 다 바쳐 공부하였다.

그러나 지금 여기 서있는 나는 가련한 바보,

전보다 똑똑해진 것은 하나도 없구나!

석사니 박사니 하는 허울 좋은 이름을 들으며,   360

그럭저럭 십 년이란 세월을

위로 아래로 이리저리

내 학생들의 코를 끌고 다녔지만 –

우리가 아는 게 아무것도 없다는 걸 깨닫고 보니,

내 가슴은 거의 타버릴 것만 같다.   365

하기야 박사니 석사니 작가니 목사니 하는

온갖 멍청이들보다는 나을지도 모르지.

회의나 의심 따위로 괴로워하지 않고,

지옥이나 악마 따위도 두려워하지 않으니까 –

그러나 모든 즐거움은 사라져버리고,　　　　　　　　　　370

올바른 것을 알았다는 자부심도 없으며,

인간을 선도하고 개선시키기 위해

무엇인가를 가르칠 자신도 없구나.

재산과 돈이 있는 것도 아니고,

세상의 명예나 영화도 누리지 못하니　　　　　　　　　375

개라도 이런 모습으로는 더 이상 살기를 원치 않으리라!

그래서 나는 마법에 전념하게 되었다.

정령의 힘과 말(言)을 빌어

많은 비밀을 알기 위해서다.

그리 되면 더 이상 비지땀을 흘려가며,　　　　　　　　380

모르는 걸 지껄일 필요가 없을 것이다.

이 세계를 가장 내밀한 곳에서,

움직이는 힘을 알게 되고,

그의 근원과 활동력을 통찰함으로써

더 이상 말을 뒤적이지 않아도 될 것이다.　　　　　　385

오오, 온 누리에 가득 찬 달빛이여,

내 고통을 내려다보는 것도 마지막이었으면 싶다.

얼마나 많은 밤을 잠 못 이루며

이 책상 앞에서 널 기다렸던가!

그때마다 애수에 찬 벗이여,　　　　　　　　　　　　390

넌 내 책들과 종이 위를 비쳐주었지!
아아! 사랑스런 너의 빛을 받으며,
높은 산 위를 거닐 수 있다면 얼마나 좋으랴.
산 속 동굴 앞에선 정령들과 노닐고,
어슴푸레한 너의 빛을 안고 초원 위를 거닐며,   395
온갖 지식의 안개에서 벗어나
이슬을 맞으며 상쾌한 목욕을 할 수 있다면!

슬프다! 아직도 난 이 감옥에 갇혀 있어야 한단 말인가?
저주받을 음산하고 어두운 방,
저 다정한 하늘의 빛까지도   400
채색된 창유리를 통해 희미하게 비쳐드는구나!
방이 비좁도록 들어찬 책 더미,
좀이 슬고 먼지가 덮인 채,
높은 천장까지 맞닿아 있다.
책들 사이에는 빛바랜 종이들이 꽂혀 있고,   405
사방엔 유리기구와 작은 상자들이 널려있다.
방 안 가득 들어찬 실험기구들,
그 사이에 조상 대대로 물려받은 가재도구들 –
이것이 너의 세계다! 이것을 세계라 할 수 있을까!

그런데도 아직 묻고 있단 말인가? 어찌하여 너의 가슴이   410

이다지도 불안하게 두근거리는가를?

어찌하여 형언할 수 없는 고통이

너의 모든 삶의 충동을 억제하는가를?

신은 인간을 생동하는 자연 속에서

창조해 주셨는데,   415

연기와 곰팡이 냄새 속에서 널 에워싸고 있는 것은

짐승의 해골과 죽은 자의 다리뼈뿐이구나.

도망치자! 일어나 저 바깥 넓은 세계로 나가자!

노스트라다무스[1]가 친히 집필한

신비에 가득 찬 이 책 한 권이면,   420

나의 동반자로서 충분하지 않은가?

별들의 운행도 알게 될 것이고,

자연이 날 가르쳐준다면,

내 영혼이 깨어나

정령과 정령이 어떻게 대화하는가도 알게 되리라.   425

메마른 사고방식으로

이 성스런 비유를 해명하려는 건 헛된 일이다.

내 곁을 떠도는 정령들아,

---

1) 노스트라다무스 Nostradamus (본명, 미셸 드 노스트르담 Michel de Nostredame) (1503-1566) :
   프랑스의 의사, 점성가. 그가 지은 예언서는 백시선(百詩選, Centuries)으로 불린다.

내 말이 들리거든 대답해 보려무나.

책을 펼치고, 대우주의 그림을 들여다본다.

아! 이것을 보노라니 갑자기 벅찬 기쁨이   430
내 몸을 휘감는구나!
젊고도 성스런 삶의 행복감이
새롭게 작열(灼熱)하며 내 신경과 핏줄에 스며드는구나.
이 그림을 그린 자는 신이 아니었을까?
이것은 내 내면의 광란을 잠재우고,   435
빈약한 마음을 기쁨으로 채워주며,
신비스런 충동으로
내 주위에 자연의 위력을 보여준다.
아니, 내가 신이 아닐까? 내 눈이 이렇게 밝아오다니!
이 순수한 그림을 보노라면,   440
자연의 섭리가 내 앞에 펼쳐 있음을 알겠다.
이제야 비로소 저 현인의 말을 이해하겠구나.
"정령의 세계가 닫혀 있는 게 아니라
네 오관이 닫힌 것이요, 네 마음이 죽은 것이니라.
일어나라, 학생들이여, 결연한 자세로   445
세속에 찌든 가슴을 아침의 태양에 씻어내도록 하라!"

그는 그림을 들여다본다.

모든 것이 한데 어울려 전체를 이루며,

하나가 다른 하나에 영향을 주면서 존재하고 있구나!

천체의 힘들은 오르내리면서

황금빛 두레박²⁾을 주고받는다.   450

축복의 향기를 내뿜으면서

이 모든 것이 하늘로부터 지상으로 내려와

삼라만상을 조화롭게 가득 채운다.

이 무슨 장관(壯觀)인가! 그러나 아! 그저 한편의 구경거리일 뿐!

무한한 자연이여, 내 그대의 어디를 붙잡아야 한단 말이냐?   455

그대들의 젖가슴은 어디에 있는가? 모든 생명의 근원이요,

하늘과 땅이 매달려 있으며,

메마른 가슴이 목말라 달려가는 원천이여 –

그대들은 샘솟아 올라, 만물의 목을 축여주지만,

나만 애타게 찾고 있는가?

그는 언짢은 듯이 책 페이지를 넘기며 지령³⁾(地靈)의

그림을 들여다본다.

---

2) 성서에는 천사들이 오르내리는 '야곱의 사다리'가 있는데, 마치 이것과 같이 우주의 생명력이 하늘
   에서 에테르를 통하여 하계에 내려오고 작용이 끝나면 다시 올라가는 규칙적인 순환을 말한다.

3) 지령(Erdgeist). 지상의 모든 자연현상과 생물을 관장하는 정령.

이 그림은 나에게 어찌 이리도 다르게 여겨질까?   460
대지의 정령이여, 누구보다 그대가 내게는 더 가깝게 여겨진다.
그대를 보니 힘이 솟는 것 같고,
술에 취한 듯 몸이 달아오른다.
과감히 세상에 뛰어들어
지상의 고통과 행복을 함께 맛보면서   465
밀려드는 폭풍도
난파하는 배도 두렵지 않을 것 같다.
내 위로 구름이 끼면,
달은 빛을 잃고,
등불이 꺼진다.   470
안개가 자욱하게 퍼지고,
붉은 광선이 섬광처럼 번득인다.
둥근 천장으로부터 내려오는
음산한 기운이 날 엄습한다!
간절히 원했던 정령이여, 그대 내 주변을   475
떠돌고 있구나. 모습을 보여다오!
아! 가슴이 찢어지는 듯하구나!
새로운 감정이 솟구쳐 오르고,
내 모든 오관이 새로워지는 것 같고,
내 마음 온통 그대에게 바친 느낌이다.   480

어서! 어서 나타나다오! 내 생명을 가져가도 좋다!

그는 책을 들고 지령의 표식을 비밀스럽게 읽는다.

불꽃이 넘실넘실 솟아오르면서 그 속에 지령이 나타난다.

지령

누가 나를 부르는가?

파우스트 *(외면하며)*

무시무시한 얼굴이다!

지령

너는 나를 힘차게 끌어당겼다.

내 영역에 오랫동안 달라붙어 떨어지지 않더니, 그런데 이제 −

파우스트

아, 이럴 수가! 난 그대를 견뎌낼 수가 없구나!   485

지령

넌 날 보기를 간절히 원했다.

내 음성을 듣고, 내 얼굴을 보고자 했다.

간절한 네 영혼의 소망에 따라

나 여기 나타났다! 무슨 끔찍한 공포감이

초인이라는 널 사로잡았느냐? 영혼의 외침은 어디로 갔단 말이냐?   490

자신 속에 하나의 세계를 창조하고,

그것을 품고 키워 기쁨에 떨면서

우리 정령들과 겨루어 보겠다고 부풀었던 그 가슴은 어디에 있느냐?

너는 어디에 있느냐, 파우스트여! 나를 향해 외치며,

힘차게 달려들었던 너,   495

내 입김이 닿기가 무섭게

온 몸을 떨면서 웅크리고 있는

벌레 같은 인간이 바로 너란 말이냐?

파우스트

내 너를 피할까 보냐, 불꽃의 형상이여!

나다. 그대와 대등한 존재 파우스트다.   500

지령

생명의 흐름 속에서, 행동의 소용돌이 속에서

위 아래로 펄럭이며

여기저기서 생명의 배를 짠다.

탄생과 무덤,

영원한 바다,   505

변천하는 창조의 힘,

불타는 생명,

나는 시간이라는 소란한 베틀에 앉아

생동하는 신의 옷을 짠다.

파우스트

넓은 세계를 떠돌아다니는 바쁜 정령이여,   510

나는 참으로 그대와 가까움을 느낀다!

지령

너와 닮은 것은, 그대가 생각하는 정령일 뿐

내가 아니니라. *(사라진다.)*

파우스트 *(털썩 주저앉으며)*

그대와 닮지 않았다고?

그렇다면 대체 누구와 닮았단 말인가?   515

신을 닮은 내가 아니었더냐?

그런데 그대마저 닮질 않았다니! *(노크 소리가 난다.)*

이런 빌어먹을! – 저건 내 조수 아닌가 –

내가 원했던 최상의 행복이 사라지는구나!

이 충만한 환상이   520

저 따위 속된 아첨꾼에게 방해를 받다니!

바그너가 침실가운에 나이트캡을 쓰고 등불을 들고 등장한다.
파우스트가 못마땅한 표정으로 돌아본다.

바그너

용서하십시오! 선생님께서 낭송하는 소릴 듣고 왔습니다.

아마도 그리스 비극을 읽으셨나요?

저도 그런 낭독술을 배워 득을 좀 보고 싶습니다.

요즘 들어 그런 것이 상당한 효과를 보니까요.   525

희극배우가 목사도 가르칠 수 있다는

칭찬의 소리를 종종 듣기도 합니다.

파우스트

그래, 목사가 희극배우라면 그럴 수도 있겠지.

실제로 그런 일이 없는 것도 아니니까.

바그너

아! 이렇게 서재에만 처박혀 있다가   530

겨우 휴일에나 세상 구경을 하는데,

그것도 먼발치에서 망원경을 통해 보는 처지라면,

어찌 설득을 통해 대중을 인도할 수 있겠습니까?

파우스트

진심으로 느끼지 못한다면, 목적을 이룰 수 없을 것이네.

마음에서 우러나오지 않는다면,   535

그리고 강력한 흥미가 없다면,

뭇 사람의 심금을 울릴 수가 없지.

항상 그런 꼴로 앉아 주워온 조각들을 아교로 붙이거나,

남의 잔칫상 찌꺼기를 모아 잡탕을 끓이거나,

자네의 작은 잿더미에서   540

희미한 불꽃을 살려내 본들

어린애와 원숭이들이나 감탄할까.

그런 것이 자네 구미에 맞는다면 말이네 -

하지만 그것이 진정에서 우러나온 것이 아니라면,

결코 마음을 사로잡지 못할 것이네.   545

바그너

연설가를 성공시키는 것은 말솜씨가 아닐까요?

그 점은 저도 잘 알지만, 저는 한참 뒤처져 있습니다.

파우스트

성실한 태도로 성공의 길을 찾게.

종만 요란하게 울리는 바보는 되지 말고!

이성과 올바른 마음만 가진다면   550

기교를 부리지 않아도 연설은 절로 되는 법.

하는 말에 진실이 담겨 있다면,

굳이 말투를 꾸며낼 필요가 있겠나?

자네들의 연설이란 삶의 휴지를 꾸겨서,

장식으로 삼은 듯 번지르르 빛은 나겠지만,   555

가을날 마른 가랑잎 사이로 스쳐가는

안개바람처럼 상쾌하진 않겠지.

바그너

오, 맙소사! 예술은 길고

우리들의 인생은 짧습니다.

비판적인 연구에 몰두하고 있을 때면,   560

종종 머리와 가슴이 답답해집니다.

근원까지 올라가는 방법을 터득하기란

얼마나 어려운 일인가요!

그 길을 절반도 가기 전에

저 같이 멍청한 인간은 죽게 되겠지요.   565

파우스트

　그런 고서(古書) 따위를 성스러운 샘물이나 되듯

　한 모금 마신다고 영원한 갈증을 풀 수 있겠나?

　자네의 영혼에서 샘솟는 것이 아니라면,

　생기를 북돋지는 못할 걸세.

바그너

　죄송합니다만, 저의 큰 즐거움은　　　　　　　　　　570

　여러 시대의 정신 속으로 들어가

　우리의 선현들이 무엇을 생각하였으며,

　우리가 그것을 얼마나 훌륭하게 발전시켰는지 살펴보는 겁니다.

파우스트

　오, 그래, 멀리 별까지 발전시켰겠지!

　이 친구야, 과거란 우리에게　　　　　　　　　　　575

　일곱 겹으로 봉인한 책이나 다름없네.

　자네들이 시대정신이라고 부르는 것도

　따지고 보면 작가 자신의 정신 속에

　그 시대가 반영된 것에 불과하다네.

　그래서 딱한 일이 종종 생기곤 하지!　　　　　　　580

　사람들은 자네들을 보기만 해도 도망가지 않던가?

　쓰레기통이나 잡동사니 창고,

　아니면 꼭두각시놀이에나 어울릴

　실용적 처세훈을 엮어 넣은

신파극이나 펼쳐 놓으니 말일세! 585

바그너

하지만 이 세계! 인간의 마음과 정신!

그런 것에 대해 누구나 알고 싶어 합니다.

파우스트

그렇지, 그것도 앎이라고 한다면!

누가 어린아이를 참된 이름으로 부를 수 있을까?

그것을 인식했던 소수의 사람들이 590

어리석게도 그것을 가슴속에 간직하지 못하고

그들의 감정과 앎을 어리석은 무리에게 털어놓았지.

그 결과 십자가에 못 박히거나 화형을 당했단 말일세.

여보게, 이제 밤이 깊었으니

우리 이야기는 여기서 끝내도록 하세. 595

바그너

저는 언제까지라도 자지 않고,

선생님과 학문을 논하고 싶습니다만,

내일이 부활절 첫째 날이니

그때 한두 가지 질문을 더하도록 허락해 주십시오.

저는 지금까지 연구에 몰두해서 600

제법 아는 게 많습니다만, 그래도 모든 걸 다 알고 싶습니다.

(퇴장한다.)

파우스트 *(혼자서)*

어째서 저 녀석 머리에선 아직 희망이 사라지지 않는담.

줄 곳 하찮은 것에 달라붙어

탐욕스런 손으로 금은보화를 캐려다가

지렁이를 찾아내고 기뻐하는 꼴이라니!   605

정령들의 기운이 날 감싸고 있는 이곳에

저런 인간의 음성이 들려도 될까?

그러나 이번만은 너에게 감사한다.

지상의 인간들 가운데 가장 가련한 너에게 말이다.

너는 나의 감각을 송두리째 파괴하려던   610

절망에서 나를 구해 주었다.

오, 정령의 모습은 너무 엄청나서

난 정말 난쟁이 같은 느낌이 들었다.

신의 모습과 닮은 나는 이미

영원한 진리의 거울에 가까이 왔다 생각했고,   615

하늘의 광명 속에 스스로 노닐면서

속세의 아들이란 탈을 벗어 던진 느낌이었다.

지(知)의 천사 게르빔보다 뛰어난 내 자유로운

정신이 자연의 혈관 속에 흘러내리고

신의 삶을 향유하리라는 예감에 들떠있었는데   620

이 무슨 창피한 꼴이란 말인가?

우레 같은 말 한 마디에 놀라 넋을 잃고 말았으니.

감히 그대를 닮으려 해서는 안된단 말인가!
그대를 끌어당길 힘은 있었으나
붙잡기에는 힘이 모자랐구나.   625
그 황홀한 순간에 나는 얼마나
내 자신을 외소하게 또 위대하게 느꼈던가!
그대는 나를 다시 잔인하게도
불확실한 인간의 운명 속으로 밀어 넣었다.
누가 날 가르쳐줄 수 있을까? 나는 무엇을 피해야 할까?   630
마음의 충동을 따라야 할까?
아, 우리의 행위조차 고통과 마찬가지로
삶의 길을 가로막는구나.

정신이 획득한 훌륭한 것에도
점차 이물질이 달라붙는 법,   635
우리가 이 세계의 선(善)에 도달한다 해도
더 나은 선에게 그것은 거짓이며 착각일 뿐,
우리에게 생명을 부여해준 아름다운 감정들도
붐비는 속세에선 굳어버리고 만다.
환상이 화려하게 나래를 펴고,   640
희망에 가득 차 영원한 경지까지 펼쳐지다가도,

기대했던 행복이 시대의 소용돌이 속에서 하나씩 좌초되면,
그땐 작은 영역에도 고마워하게 된다.
걱정이 마음속 깊이 둥지를 틀게 되면,
남모르는 고통도 함께 생겨나,   645
불안에 몸을 떨면서 기쁨과 안식을 방해한다.
걱정은 항상 새로운 탈을 쓰고
집과 농장, 아내와 자식,
또 불, 물, 비수 그리고 독약이 되기도 한다.
우리는 별일도 아닌데 두려워서 떨기도 하고,   650
잃어버릴 수 없는 것을 잃을까 봐 끊임없이 걱정을 한다.
나는 내가 신을 닮지 않았다는 사실을 뼈저리게 느꼈다.
나는 차라리 쓰레기더미를 파헤치는 벌레를 닮았다.
쓰레기 속에서 살아가다가
보행자의 발길에 밟힌 채 죽어 묻혀버릴지도 모르는 벌레를.   655

서재의 높은 벽을 수많은 선반으로 칸을 막아
내 주위를 좁게 만드는 것도 덧없는 일이 아닐까?
좀벌레가 나를 압박하는
저 고물단지도 쓰레기가 아닌가?
여기서 내게 없는 걸 찾아내야 한단 말인가?   660
인간들은 어디서나 고통을 겪지만,
어쩌다 재수 좋은 놈이 하나쯤 존재한다는 것을 알려고,

수천 권의 책을 읽어야 한단 말인가?

텅 빈 해골바가지야, 너는 왜 나를 보고 히죽거리느냐?

너의 두뇌도 한때는 나처럼 혼란스러워져,　　　　　　　665

안락한 날을 바라고 쓸데없이 헤매었겠지?

바퀴와 톱니, 원통과 손잡이 달린 기구들아,

너희들도 날 조롱했겠지.

내가 문 앞에 섰을 때, 너희들은 열쇠가 되어야 했다.　　　670

너희들의 걸림쇠는 얽히고설켜 있어, 빗장을 열지 못했다.

밝은 대낮에도 자연은

베일을 벗지 않고 비밀로 가득 차 있는데,

그대에게 밝히고 싶지 않은 것을

지렛대나 나사 따위로 얻어낼 수 있겠느냐?　　　　　675

내겐 아무 소용도 없는 이 낡은 가구들은,

선친께서 사용하셨기에 여기 남아 있을 뿐이다.

낡은 양피지 두루마리는 이 책상 위에

흐린 램프가 켜져 있는 한 검은 연기에 그을리겠지.

얼마 안되는 이 고물단지를 지고 땀을 흘리느니,　　　　680

진작 팔아버렸으면 좋았을 것을!

조상에게서 상속받은 것은,

그저 소유하기 위해 습득했을 뿐이다.

사용치 않은 물건은 무거운 짐만 될 따름이니,

필요에 따라 만들어지는 것만이 이용할 수 있는 것이다.　　685

그런데 나의 시선은 왜 저쪽만 보고 있을까?

저 작은 병이 시선을 끌어당기는 자석이라도 된단 말인가?

나의 주위는 왜 갑자기 밝아지는 것일까?

마치 어두운 숲에 달빛이 환하게 비치는 것처럼?

목이 긴 작은 병이여,   690

겸손한 마음으로 조심스럽게 그대를 집는다!

그대 안에 들어있는 인간의 지혜와 기술을 존경한다.

모든 것을 고이 잠들게 하는 묘약이여,

죽음을 가져오는 정교한 힘의 정수여,

그대 주인에게 은혜를 베풀어다오!   695

그대를 보니 고통이 가시고,

그대를 손에 쥐니 의욕도 느긋해져,

정신의 조류가 썰물처럼 서서히 빠져나간다.

망망대해로 떠밀려 나가면,

거울 같은 바닷물이 발치에서 반짝이고,   700

새로운 날이 나를 새로운 강변으로 유혹한다.

불(火)수레⁴⁾ 한대가 가벼이 흔들거리며 내게로 다가온다!

나는 새로운 길에서 푸른 하늘을 뚫고,

---

4) 구약성서 「열왕기 하」 제 2장 11절에 예언자 엘리야가 불수레를 타고 승천했다는 구절이 있다.

순수한 활동의 새로운 영역으로,

나아갈 준비가 되었노라.   705

이 숭고한 삶, 이 신성한 기쁨,

아직 벌레 같은 내가 이것을 향유할 자격이 있을까?

오냐, 저 다정한 지상의 태양으로부터

과감하게 등을 돌리자!

모두가 살금살금 피해가는   710

저 문을 용감하게 박차고 나가자!

이제 행동으로 증명할 때가 왔다.

인간의 가치는 신의 권위에 굴복하지 않는 것,

환상이 고통을 만들며 자신을 저주하는,

저 어두운 동굴 앞에서도 떨지 않으며,   715

좁은 입구 주위로 지옥의 불길이

활활 타오르는 통로를 향해 과감히 들어가자.

비록 허무 속으로 쓸려 들어갈 위험이 있다 해도,

이 발길 씩씩하게 내디딜 각오가 되어있다.

자, 이리 내려오너라! 깨끗한 수정 잔(盞)아!   720

내 오랜 세월 잊고 있었던

그 낡은 상자에서 나오너라!

너는 조상들의 즐거운 축제 때마다 빛을 발했다.

한 사람이 다른 사람에게 널 건넬 때마다

넌 점잖은 손님들을 흥겹게 해주었다.   725

온갖 기교의 호화로운 무늬들을 보고,

잔을 든 자는 의무적으로 시를 지어 부르며

단숨에 잔을 비워야 했다.

젊은 날의 수많은 밤들이 기억나지만,

오늘은 널 옆 사람에게 돌리려는 게 아니다.   730

호화로운 무늬로 나의 시재(詩才)를 발휘하려는 것도 아니다.

여기 이 병에는 사람을 빨리 취하게 하는 액체가 있으니,

이 갈색의 액체로 빈속을 가득 채우겠다.

내 일찍이 마련했다가 이제 선택하노니,

이 마지막 잔을 엄숙한 축복의 인사와 함께   735

아침을 위해 바치노라! *(잔을 입에 댄다.)*

종소리와 합창의 노래

천사들의 합창

> 그리스도께서 부활하셨네!
>
> 인간에게 기쁨 있으라.
>
> 파멸되기 쉽고
>
> 비밀스러우며
>
> 원죄로 얽매인 인간에게.

파우스트

> 저 조용한 울림, 저 청아한 노랫소리가

내 입술에서 단호히 잔을 앗아가는구나!

저 은은한 종소리는 벌써

부활절의 첫 축제 시간을 알려주는가?   745

너희 합창대는 벌써 위안의 노래를 부르느냐,

그 옛날[5] 어두운 무덤 곁에서 천사들의 입을 통해

새로운 계약을 확인해 주었던 그 노래를?

여인들의 합창

향기로운 기름으로

그의 몸 씻어드리고,   750

우리 충실한 여인들은

그를 누우시게 하였도다.

흰 천과 끈으로

정결히 염(殮)해 드렸지만,

아아! 그리스도께서는 이제   755

여기에 계시지 않네.

천사들의 합창

그리스도께서 부활하셨네!

사랑의 주님 복되시도다.

슬픔 속에서 구원을 얻고

---

5) 예수의 수난 다음 주 첫날. 「마태복음」 28장 6절에 의하면, 새벽에 막달라 마리아가 예수의 무덤
에 갔을 때, 천사가 나타나서 예수의 부활을 알려주었다.

고난 속에서 시련을   760

이겨내신 주님.

파우스트

하늘의 노래여, 힘차고 부드럽게 울리며

무엇을 찾는가? 쓰레기더미에 박힌 나를 찾는가?

저기 다정다감한 사람들이 사는 곳에서나 울리려무나.

복음은 들려오지만, 나에겐 믿음이 없다.   765

기적이란 믿음의 가장 소중한 자녀.

기쁜 소식이 들려오는 저 영역으로

나는 감히 들어갈 수가 없구나.

하지만 어린 시절부터 귀에 익은 저 노래는

나를 다시 삶 속으로 부르는구나.   770

예전엔 엄숙하고 조용한 안식일에

하늘로부터 사랑의 키스가 내게 내려왔다.

그때 종소리는 예감에 가득 차 온누리에 울려 퍼졌고,

나의 기도는 열렬한 기쁨이었다.

말로 할 수 없는 감미로운 그리움이   775

숲과 초원으로 나를 내달리게 했고,

뜨겁게 흐르는 눈물 속에서

새로운 세계가 생겨남을 예감했었다.

저 노랫소리는 젊은이에게 즐거운 유희와

축제일의 신명나는 기쁨을 알려주었지.   780

추억은 나를 천진스런 동심으로 이끌어

마지막 발걸음을 멈추게 하는구나.

오, 계속 울리어라, 감미로운 천상의 노래여!

눈물이 솟는구나, 대지가 날 다시 받아들이는구나!

사도들의 합창

> 무덤에 묻히신 분   785
>
> 어느새 일어나
>
> 거룩한 생명 얻어
>
> 영광스럽게 승천하셨네.
>
> 소생하는 기쁨 속에
>
> 창조의 즐거움 누리셨네.   790
>
> 아아! 슬프게도 우리는
>
> 이 땅의 품안에 남아 있네.
>
> 주님을 사모하는 우리를
>
> 이곳에 남겨놓으셨네.
>
> 아아! 주님이시여, 당신의   795
>
> 기쁨을 함께하지 못해 슬퍼합니다.

천사들의 합창

> 죽음의 품을 벗어나,
>
> 주님께서 부활하셨네.
>
> 너희도 즐거운 마음으로
>
> 속세의 연을 끊을지어다.   800

행동으로 그를 찬미하고
사랑으로 그를 증명하며
우애롭게 음식을 나누고,
전도하며 길을 가는 자
기쁨을 약속하는 자,   805
주님은 너희에게 가깝고
너희를 위해 계시도다!

성문 앞에서

여러 명의 산보객들이 등장한다.

젊은 직공들

　왜 그쪽으로 가는 거야?

다른 직공들

　우린 사냥꾼 집 쪽으로 가는 길일세.

첫 번째 직공들

　우린 물방앗간 쪽으로 가려고 하네.   810

직공 한 사람

　호숫가의 주막으로 가는 게 좋을걸.

두 번째 직공

그쪽으로 가는 길은 별 재미가 없어.

두 번째 직공들

그럼 자넨 어쩔 텐가?

세 번째 직공

난 남들 가는 데로 따라가겠네.

네 번째 직공

산성(山城)마을로 올라가세. 거기에 가면 멋진 아가씨들과

맛좋은 맥주가 있을 거야.   815

멋들어진 싸움판도 벌일 수 있고.

다섯 번째 직공

자네, 참 힘이 뻗치는군.

벌써 세 번짼데, 또 근질거리는 모양이지.

난 가지 않겠네. 그곳은 생각만 해도 끔찍해.

하녀

싫어, 싫어! 난 시내로 돌아갈 테야.   820

다른 하녀

저 포플러나무 옆에 그이가 와 있을 거야.

첫 번째 하녀

와봤자 내게 좋을 게 뭐니?

그인 너하고만 꼭 붙어 다니고,

춤출 때도 너하고만 짝이 되는걸.

재미는 네가 보는데, 나와 무슨 상관이라고!   825

다른 하녀

　오늘은 틀림없이 혼자 오지 않았을 거야.

　그 고수머리 총각도 함께 온다고 했어.

학생

　어, 저 말괄량이들 걸어가는 것 좀 봐!

　여보게, 어서 오게. 우리 저것들 뒤를 따라가자고.

　톡 쏘는 맥주에다 독한 담배 그리고　　　　　　　　830

　근사하게 차린 여자, 이게 요즘 딱 내 취미일세.

여염집 처녀

　저 멋쟁이 학생들 좀 봐.

　그런데 저런 창피한 꼴이라니.

　얼마든지 좋은 상대와 사귈 수 있을 텐데,

　저런 하녀들의 뒤꽁무니를 따라다니다니!　　　　835

두 번째 학생 *(첫 번째 학생에게)*

　너무 서둘지 말게! 저 뒤에 오는 두 처녀를 보게.

　아주 맵시 있게 차려 입었지.

　그 중 하나는 우리 이웃집 처녀야.

　난 저 처녀한테 홀딱 반했다네.

　저렇게 얌전하게 걷고 있지만,　　　　　　　　840

　결국 우리와 동행하게 될 거야.

첫 번째 학생

　여보게, 그만 두게! 저런 답답한 처녀들은 질색이야.

빨리 가세, 저 암노루들을 놓치지 말아야지.

토요일마다 빗자루를 들었던 손이

일요일엔 우리를 기막히게 어루만져 줄 거야.   845

시민

아니, 신임 시장은 마음에 들지 않아요!

시장이 되고 나더니 날이 갈수록 거만해지고 있어요.

도대체 우리 시를 위해서 무얼 했습니까?

매일 사정이 나빠지기만 하잖아요?

시민들은 평소보다 더 복종을 강요당하고,   850

세금은 전보다 더 늘어났어요.

거지 *(노래한다)*

　　점잖은 신사 분들, 아름다운 숙녀님들,

　　차림도 멋지고, 혈색도 좋으시군요.

　　제발 저의 모습도 좀 살피시고,

　　고난을 헤아려 적선 좀 하십시오.   855

　　이 풍금소리를 헛되이 말아주십시오.

　　베푸는 사람은 마음도 즐거운 법입니다.

　　모두가 즐거워하는 이날이

　　저에겐 수확의 날이 되게 하소서.

다른 시민

일요일이나 축제일엔 무엇보다도   860

전쟁이나 전쟁 소문에 관한 이야기가 제일이지요.

저 뒤쪽 멀리 터키에서는

민족 간의 싸움이 치열한데,

우리는 창가에 서서 맥주나 마시며

강물에 오가는 온갖 배들을 바라보다가   865

저녁엔 즐겁게 집으로 돌아가

태평성대를 축복하는 거지요.

세 번째 시민

그렇소, 이웃 양반! 나 역시 같은 생각이요.

그들이야 머리가 깨지건 말건

모든 게 뒤죽박죽이 되건 말건   870

우리 집만 옛날대로 무사하면 그만이지.

늙은 여인 *(여염집 처녀들을 향해)*

아이고, 예쁘기도 해라, 이 젊은 아가씨들!

누구든 너희에게 반하지 않겠니? ─

너무 새침하게 굴지 마라! 그만하면 됐다!

너희들 소망쯤이야 나도 들어주겠다.   875

여염집 처녀

아가테야, 어서 가자! 저런 마귀할멈과 함께

다니지 않도록 조심해야겠다.

하긴 성(聖) 안드레아스의 밤[1])에

---

1) 11월 29일. 성(聖) 안드레아스가 순교한 날. 이날 밤 처녀가 식탁을 차려놓고 창문을 연 채 일정

미래의 남편감을 실물로 보여주긴 했지만 –

다른 처녀

나에겐 수정에 비춰 그 남자를 보여주던데.   880

군인인지 많은 용사들 사이에 끼여 있더라.

그래서 내 주위 사방팔방을 찾아보았지만

도무지 찾을 수가 없었어.

군인들

성(城)이라면 높은 벽을 가진

튼튼한 곳을,   885

여자라면 새침하고

콧대 높은 처녀를

나는 정복하고 싶다!

모험엔 노고가 따르지만,

그 보람은 자랑스러우리라!   890

나팔 소리 우렁차게

우리는 나아간다.

기쁨을 향해서건

파멸을 향해서건

이것이 돌진이다!   895

한 주문을 외우면 미래의 남편을 볼 수 있다고 함.

이것이 인생이다!
처녀건 성벽이건
함락시키고야 말리라!
모험엔 노고가 따르지만,
그 보람은 자랑스러우리라!   900
이렇게 병사들은
용감하게 전진한다.

파우스트와 바그너 등장

파우스트

다정한 봄의 시선에 생기를 얻어
강물과 시냇물은 얼음에서 풀리고,
골짜기엔 푸른 희망의 기쁨이 가득하구나.   905
긴 겨울은 힘을 잃고
깊은 산속으로 물러갔지만,
물러가면서도 그곳에
휘날리는 싸락눈을 뿌렸는지
초록 들판 위에 흰줄무늬가 그려져 있다.   910
그러나 태양은 흰색을 용납하지 않는다.
어디에나 생성과 열망의 힘이 꿈틀거리고,
만물은 온갖 색깔을 띠고 생동한다.

이 근방엔 꽃들이 없는 대신

멋지게 차려입은 사람들이 모여든다.   915

자네 몸을 돌려 이 높은 언덕에서

시내 쪽을 내려다보게.

텅 빈 어두운 성문으로부터

다채로운 군중이 몰려나오지 않은가?

오늘은 모두가 햇볕을 쬐고 싶은 모양이지.   920

예수님의 부활을 축하하는 까닭은,

그들 자신도 스스로 소생했기 때문이네.

낮은 집의 답답한 방에서

직공이나 상인은 속박에서

박공이나 지붕의 중압감에서   925

사람들이 붐비는 비좁은 거리에서

교회의 엄숙한 어둠속에서

그들은 모두 빛을 찾아 나온 것이네.

저 많은 사람들이 즐겁게 공원과 들판을

활기차게 휘젓고 다니는 모습을 보게나.   930

강 가득히 나룻배들이

즐겁게 흔들거리며 미끄러지고,

마지막 거룻배는 가라앉을 듯

사람을 가득 싣고 떠나가네.

저기 먼 산길에는   935

울긋불긋한 옷차림들이 아른거리고,

마을에서는 왁자지껄 떠드는 소리가 들리네.

여기야말로 인간의 참된 천국이네.

남녀노소 할 것 없이 기쁜 환호성을 지르네.

여기선 나도 인간일세, 나도 인간답게 되고 싶네!　　　　940

바그너

박사님, 박사님과 함께 산책하는 건

영광스런 일이며, 얻는 것도 많습니다.

그러나 혼자라면 이런 곳을 헤매지 않을 것입니다.

이렇게 거친 곳은 질색입니다.

바이올린 소리, 고함소리, 볼링놀이 소리는　　　　945

저에겐 아주 역겨운 소리들입니다.

귀신에게 쫓기듯 미쳐 날뛰면서

그걸 즐거움이요, 노래라고 합니다. *(보리수나무 아래 농부들)*

춤과 노래

목동이 치장을 하고 춤추러 왔네.

화려한 상의에 리본과 화관,　　　　950

그리고 장신구로 멋지게 꾸몄네.

보리수 주위로 사람이 가득 모여,

모두들 흥겹게 춤추고 있네.

유흐헤! 유흐헤!

유흐헤이사! 헤이사! 헤이!　　　　955

바이올린 소리 흥겹기도 하네.

목동이 급하게 끼어들면서
옆에서 춤추던 아가씨를
얼떨결에 팔꿈치로 건들었네.
발랄한 아가씨 돌아보며 하는 말   960
아니, 웬 바보 같은 수작이람.
유흐헤! 유흐헤!
유흐헤이사! 헤이사! 헤이!
버릇없는 짓일랑 그만두세요.

하지만 둘은 민첩하게 원을 돌며,   965
좌우로 신명나게 춤을 추었네.
옷자락을 펄럭이며 춤을 추었네.
얼굴은 붉어지고, 몸은 더워졌네.
두 사람은 팔을 끼고 숨을 돌리네,
유흐헤! 유흐헤!   970
유흐헤이사! 헤이사! 헤이!
어느새 팔이 허리를 스치네.

제발 정다운 체 하지 말아요!
약혼녀마저 속이고 달아난

남자가 얼마나 많은가요.   975

그러나 목동은 아가씨를 꾀었네.

저편 보리수 옆에서 들리는 소리.

유흐헤! 유흐헤!

유흐헤이사! 헤이사! 헤이!

떠들썩한 환호와 바이올린 소리.   980

늙은 농부

박사님, 참 잘 오셨습니다.

우리를 업신여기시지 않고

고명하신 학자님께서

이 시끄러운 곳에 왕림해주셨군요.

새 술을 가득 채운   985

술 한 잔 받으십시오.

이 술 올리면서 소리 높여 축복하오니

갈증을 푸심은 물론

잔에 담긴 술을 한 모음 한 모음 마시면서

오래오래 만수무강하십시오.   990

파우스트

그럼 원기 돋는 이 술잔을 들면서

모두에게 행복과 고마움을 전합니다.

군중이 모여들어 주위를 둘러싼다.

늙은 농부

    정말 이 기쁜 날 나오시다니

    우리에겐 참으로 영광입니다.

    지난날 우리에게 역병이 돌았을 때   995

    박사님께서 큰 은덕을 베풀어주셨지요!

    박사님의 부친께선 살아생전에

    무서운 열병을 몰아내셨습니다.

    그 열병을 근절시킨 덕분에

    많은 사람들이 살아남았습니다.   1000

    그 당시 젊은이였던 박사님께서

    환자의 집을 일일이 방문하셨고,

    수많은 시체가 실려 나갔지만,

    혹독한 시련을 이겨내시고,

    선생님께선 무사하셨지요.   1005

    도움을 베푼 분에게 하늘이 도움을 내린 것입니다.

모두 함께

    훌륭한 선생님이 길이길이 장수하셔서,

    오래도록 우리를 도와주옵소서!

파우스트

    우리 모두 하늘에 계신 분께 경배합시다.

    그분이 돕는 법을 알려주시고, 도움도 보내주십니다.   1010

그는 바그너와 함께 계속 걸어간다.

바그너

오, 위대하신 선생님, 군중의 존경을

한 몸에 받으시니 얼마나 기분이 좋으실까?

자신의 재능으로 이런 성공을 거두는 사람은

얼마나 행복하겠습니까?

아버지가 자식에게 선생님을 본 받으라 이르니,   1015

모두가 수소문하며 서둘러 달려옵니다.

바이올린 소리가 그치고, 춤도 멈추고,

선생님께서 지나가면, 사람들이 줄지어 늘어서서,

모자들을 공중으로 날립니다.

이러다간 성체(聖體)가 지날 때 모양   1020

무릎을 꿇게 될지도 모르겠군요.

파우스트

우리 저 바위까지 몇 걸음 더 올라가

거기서 잠시 쉬도록 하세.

여기서 나는 가끔 생각에 잠긴 채 홀로 앉아

기도하며 마음을 가다듬곤 했다네.   1025

부푼 희망과 굳건한 믿음으로,

눈물과 한숨 속에 두 손을 비비며,

그 흑사병을 끝장내 달라고,

하늘에 계신 주님께 간청했었지.

사람들의 찬사가 나에겐 조롱으로 들린다네. 1030

오, 자네가 내 마음을 헤아릴 수 있다면.

사실 아버님이나 나나

이런 찬사를 들을 자격이 없단 말일세!

나의 부친께선 어두운 영역의 명인[2](名人)이셨지.

자연과 그 성스러운 작용에 대해서 1035

정성스럽고 독창적인 방법으로

대단한 노력을 기울여 연구하셨네.

연금술사들과 어울려

어두운 실험실에 틀어박힌 채

끊임없이 처방을 바꿔가며 1040

상극 관계에 있는 것을 조합하려 하셨네.

용감한 구혼자인 붉은 사자[3]를

미지근한 탕 속에서 백합과 교합시키고,

둘을 작열하는 불꽃에 달구어

이 신방(新房)[4]에서 저 신방으로 몰아넣곤 하셨네. 1045

그런 다음에야 오색찬란한 색깔을 띠고

---

2) 연금술사였음을 지칭하는 말.
3) ein roter Lue. 붉은 색 산화수(酸化水)로 남성의 금속소. 〈백합〉으로 불리는 흰색 염산이 여성이
   되어, 양성이 결합하면 아름다운 공주님이 탄생한다는 연금술의 이야기가 있다.
4) 실험용 플라스크를 가리킴.

젊은 여왕님[5]이 유리그릇 속에 나타나게 되는 걸세.

그게 약이었는데, 환자들은 죽었단 말일세.

그러나 완치된 자가 누구냐고 아무도 묻지 않았어.

우리는 그 터무니없는 탕약을 가지고   1050

이 마을 저 골짜기를 찾아다니며

흑사병보다 더 해독을 끼치며 날뛰었네.

나도 수많은 사람들에게 그 독약을 주었는데,

그들은 말라 죽고 나만 살아남아 파렴치한 살인자 대신

오히려 칭송하는 소리를 듣고 있는 거라네.   1055

바그너

그런 일 때문에 상심할 필요가 있겠습니까?

선인들이 물려준 기술을

양심껏 정확히 시행하기만 해도

충분히 할 일을 다 한 게 아닐까요?

젊었을 때 부친을 존경하셨으니,   1060

그분의 비법을 전수받는 건 보람된 일일 것이며,

장성해서 그 학문을 보다 발전시킨다면,

선생님의 아드님께선 더 높은 경지에 이를 것입니다.

파우스트

오, 누구든 이 미혹의 바다에서

---

5) 소위 〈현자의 돌 Stein der Weisen〉이라고 불리는 만병통치약.

벗어날 수 있다고 희망하는 자 행복하리라!   1065

우리는 알지 못하는 것을 필요로 했지만,

알고 있는 것은 사용할 수 없었네.

하지만 이 아름다운 황금의 시간을,

우울한 생각으로 망치고 싶지 않네.

저길 좀 보게나, 빛나는 저녁햇살 속에   1070

푸른 숲으로 둘러싸인 조용한 통나무집들을.

석양이 기울어 하루의 생명이 다하면

태양은 서둘러 저편으로 가 내일의 삶을 진행시키겠지.

오, 나에게 날개가 있다면 이곳에서 솟구쳐 올라

태양을 따라 어디든 날아갈 수 있으련만!   1075

영원한 저녁놀 속에서

발아래 고요한 세계를 볼 수도 있으련만!

산봉우리는 이글거리고 골짜기는 고요한데,

은빛 시냇물이 황금빛 강물 속으로 흘러가는 걸 볼 수도 있으리라.

수많은 협곡이 있는 험준한 산도   1080

신(神)처럼 날아가는 나의 행로를 막지 못하고,

어느새 따뜻한 만(灣)을 낀 바다가

놀라는 내 눈앞에 전개되리라.

마침내 태양의 여신이 완전히 가라앉으면,

나에겐 새로운 충동이 깨어나   1085

낮을 앞에 안고 밤을 등에 지고

위로는 하늘, 아래로는 푸른 물결 굽어보면서,

태양의 영원한 빛을 따라 뒤쫓아 가리라.

이것은 아름다운 꿈, 그 사이 여신은 자취를 감추는구나.

아아, 정신의 날개는 이토록 가벼운데   1090

육신의 날개는 따라주질 않는구나.

그러나 머리 위 푸른 하늘로

종달새의 낭랑한 노랫소리가 울려 퍼질 때,

하늘 높이 치솟은 가문비나무 위로

독수리가 활짝 편 날개로 빙빙 돌 때,   1095

초원 위로, 호수 위로

두루미가 고향을 찾아 날아갈 때,

누구의 마음인들 하늘 높이 솟구쳐 나아가지 않겠는가!

이것이 우리 모두가 타고난 천성 아니겠는가!

바그너

저 자신도 가끔 변덕스런 생각에 빠질 때가 있지만,   1100

그런 충동은 한 번도 느껴보지 못했습니다.

숲과 들을 바라보아도 이내 싫증이 나고

새의 날개 따위를 부러워한 적도 없습니다.

하지만 이 책 저 책, 이 쪽 저 쪽을 읽어가는

정신의 즐거움은 얼마나 다릅니까?   1105

긴 겨울밤은 은혜롭고 아름다우며,

축복받은 생기가 온몸을 따스하게 해줍니다.

아아! 그때 귀한 양피지 책이라도 펼쳐놓으면

천국이 온통 선생님에게 내려온 기분이 들 겁니다.

파우스트

자네는 한 가지 충동밖에 모르는군.　　　　　　　　　　1110

그래! 다른 충동은 알려고 하지 말게!

내 마음속엔 아! 두 개의 영혼이 살면서,

서로가 떨어지고 싶어 한다네.

하나는 음탕한 애욕에 사로잡혀

현세에 매달려 관능의 쾌락을 추구하고,　　　　　　　　1115

다른 하나는 과감히 속세를 떠나

숭고한 선인들의 영역에 오르려고 하네.

오오, 하늘과 땅 사이를 지배하며

대기 속을 부유하는 정령이 있다면,

부디 황금빛 안개 속에서 내려와　　　　　　　　　　　1120

나를 새롭고 찬란한 삶으로 이끌어다오!

혹여 마법의 외투라도 얻을 수 있어서,

미지의 나라로 날아갈 수만 있다면,

그것은 나에게 어떤 귀중한 의복보다,

아니 임금님의 외투보다 더 값진 것이 되리라!　　　　　1125

바그너

세상이 다 아는 그런 마귀 무리[6]는 부르지 마십시오.

대기 속에 밀려와 넓게 퍼져서는

사방에서 인간에게

온갖 위해를 가하려는 놈들입니다.

북쪽에서는 날카로운 이빨을 드러낸 마귀가   1130

화살같이 뾰족한 혀를 가지고 선생님께 덤벼들고,

동쪽에서는 만물을 시들게 하는 마귀가

선생님의 폐로부터 영양분을 빨아들일 것입니다.

남쪽 사막에서 오는 마귀는

선생님의 정수리에 끊임없이 불길을 퍼붓고,   1135

서쪽에서 오는 마귀는 처음엔 생기를 주다가

선생님과 들판과 강변 초지(草地)를 폭우로 덮어버립니다.

놈들은 해치기를 좋아하면서도 말은 잘 듣습니다.

복종을 잘하는 것도 우리를 속이려는 속셈 때문이죠.

놈들은 마치 하늘에서 내려온 듯 꾸미고,   1140

거짓말을 할 때도 천사처럼 속삭입니다.

하지만 이제 돌아가시지요. 사방이 벌써 어두워지고,

바람은 싸늘해졌으며, 안개마저 내리는군요!

저녁이 되니 집의 고마움을 알겠습니다.

---

6) 대기의 정령들로서 북에서는 살을 에는 한풍, 동에서는 폐를 침범하는 건조한 바람, 남에서는 열을 몰고 오는 열풍, 서에서는 폭우를 몰고 오는 기만의 바람.

그렇게 서서 무얼 그렇게 놀란 듯 바라보십니까?   1145

이 어스름 속에서 선생님의 마음을 사로잡은 게 무엇입니까?

파우스트

자네 저 묘목과 그루터기 사이에 검정개가 보이는가?

바그너

벌써 보았지만 대수롭게 여기지 않았습니다.

파우스트

잘 살펴보게. 저 짐승을 무어라고 생각하나?

바그너

삽살개지요. 제 버릇대로   1150

주인 발자취를 찾느라 쿵쿵거리는군요.

파우스트

잘 보게, 저 녀석은 커다란 나선형을 그리며

우리 주위로 점점 가까이오고 있지 않은가?

그리고 착각이 아니라면, 녀석이 지나간 자리엔

불꽃의 소용돌이가 뒤따르고 있네.   1155

바그너

제게는 검정 삽살개밖에 보이지 않습니다.

아마 선생님께서 헛것을 보신 모양입니다.

파우스트

내 보기엔 녀석이 장차 무언가 인연을 맺기 위해

우리 발에 마법의 올가미를 치는 것 같아.

바그너

　겁먹은 표정으로 불안하게 우리 주위를 뛰어다니는 것이　　　1160

　주인 대신 낯선 두 사람을 만난 때문이겠지요.

파우스트

　배회하는 원이 좁아졌어. 어느새 가까이 왔구나!

바그너

　보십시오. 개지 귀신은 아닙니다.

　킁킁대며 두리번거리다 배를 깔고 엎드리기도 하고,

　꼬리도 치고, 모두 개가 하는 버릇입니다.　　　1165

파우스트

　이리 온! 우리 함께 가자!

바그너

　삽살개치곤 우스운 놈인데요.

　선생님께서 멈추시면 놈도 멈춰 기다리고,

　무슨 말이라도 건네면 기어오르려고 합니다.

　무어라도 떨어뜨리면 집어 오려하고,　　　1170

　선생님 지팡이를 찾아 물속에라도 뛰어들 기세입니다.

파우스트

　자네 말이 맞았어. 정령의 자취는 보이지 않고,

　모든 게 훈련된 덕분이군.

바그너

　훈련이 잘된 개라면

현명하신 분의 마음에도 들 것입니다.   1175

학생이라면 아주 뛰어난 이 녀석은

충분히 선생님의 귀여움을 받을 만 합니다.

그들은 성 안으로 들어간다.

서재(書齋) 1

파우스트 *(삽살개를 데리고 들어오면서)*

　나는 어두운 밤의 장막에 싸여서,

　예감에 가득 찬 성스러운 두려움으로,

　우리 마음속 선한 영혼을 일깨워주는,   1180

　푸른 들판과 강변 초지(草地)를 떠나 돌아왔다.

　격렬한 행동을 유발하는

　거친 충동들은 조용히 잠들었고,

　인간에 대한 사랑이 활기를 띠면서

　신에 대한 사랑도 고개를 든다.   1185

　조용, 삽살개야! 이리저리 뛰지 마라!

　문지방에서 무슨 냄새를 맡느라 킁킁거리느냐?

　저기 난로 뒤로 가서 엎드려 있어라.

제일 좋은 방석을 주마.
바깥 산길에서 달리고 뛰고 하면서   1190
우리를 즐겁게 하였으니,
이제는 내가 널 대접하도록
환영받는 얌전한 손님이 되어야 한다.

우리들의 비좁은 방에
정다운 등불이 다시 켜지면,   1195
우리의 가슴은 밝아지고
자신을 아는 마음도 밝아진다.
이성(理性)은 다시 말을 시작하고
희망도 피어나기 시작한다.
우리는 삶의 시냇물을 그리워하고,   1200
생명의 근원을 그리워한다.

으르렁대지 마라, 삽살개야! 지금 나의 온 영혼을
감싸고 도는 신비스런 음향에
동물의 소리는 어울리지 않는다.
우리 인간들은 그들이 이해하지 못하는 것을 조롱하고,   1205
그들에게 불편한 것은
착하고 아름다운 것일지라도
투덜대는 버릇이 있다.

너희 개들도 인간처럼 으르렁대고 싶은 거냐?

그러나 아! 마음 간절해도   1210
만족감은 느껴지지 않는구나.
삶의 강물은 왜 그리도 빨리 메말라
우리를 갈증에 허덕이게 하는가?
나는 그것을 수없이 체험했다.
이러한 결핍을 보상하는 일은   1215
천상의 것을 숭배하고,
무엇보다 신약성서에서
고귀하고 아름답게 빛나는
하늘의 계시를 간절히 바라는 것이다.
이제 원전[1]을 펼쳐놓고   1220
성실한 마음으로
그 성스러운 원문(原文)을
사랑하는 독일어로 옮겨보고 싶다.

책 한 권을 펼쳐놓고 번역을 시작한다.
여기 "태초에 말씀이 있으셨다!"고 씌어 있구나.

---

1) 그리스어로 된 신약성서. 파우스트가 번역하는 것은 요한복음 서두. 로고스라는 말을 루터는 "말 씀"으로 번역하고 있다.

이 대목이 벌써 마음에 안 드는군. 누가 나를 도와줄 수 있을까?　　1225

나는 말씀이란 말을 그렇게 높게 평가하고 싶지 않다.

정령으로부터 올바른 깨달음을 얻었다면,

나는 이 말을 다르게 번역하고 싶다.

"태초에 뜻이 있었느니라" 이렇게 쓰면 어떨까?

첫 번째 구절을 신중히 생각해　　1230

펜이 너무 빨리 나가지 않도록 해야겠다.

만물을 창조하고 다스리는 것이 과연 "뜻"이랄 수 있을까?

차라리 "태초에 힘이 있었느니라"로 하면 어떨까?

하지만 내가 이렇게 써내려가는 동안

거기에 집착하지 말라는 경고를 느낀다.　　1235

정령의 도움이다! 그러자 갑자기 좋은 생각이 떠올라

기쁜 마음으로 "태초에 행위가 있었느니라" 하고 기록했다.

네가 나와 함께 이 방에 있으려거든

삽살개야! 그렇게 으르렁대거나

짖으면 안 된다.　　1240

날 방해하는 친구를

가까이 둘 수는 없다.

우리 둘 중 하나가

이 방을 떠나야 한다.

내키지는 않으나 손님의 권리를 취소하겠다.　　1245

문은 열려 있으니 자유롭게 나가도록 해라.

아니, 저것은 무엇인가?

세상에 저런 일이 있을 수 있는가?

환영인가? 현실인가?

삽살개가 늘어나고 커지다니!   1250

그리고 일어서려고 안간힘을 쓰는구나.

저건 개의 모습이 아니다.

웬 도깨비를 집안에 불러들였단 말인가!

어느새 하마처럼 보이는구나.

불꽃 튀는 두 눈과 무시무시한 이빨.   1255

오오! 네놈은 내 수중에 있다.

얼치기 악마의 무리에 속하는 너 같은 놈에겐

솔로몬의 열쇠[2]란 주문이 제격이다.

정령들 *(복도에서)*

　　　　　저 안에 한 놈이 갇혔구나!

　　　　　따라 들어가지 말고 밖에 머물러라!   1260

　　　　　지옥의 늙은 살쾡이 한 마리가

　　　　　덫에 걸린 여우처럼 겁에 질려있다.

　　　　　그러나 조심하라!

　　　　　이쪽으로 둥실, 저쪽으로 둥실,

---

2) 솔로몬의 열쇠(Salomonis Schlüssel). 선한 정령을 불러내는 주문이 적힌 책.

오르락내리락 하면서   1265
결국은 빠져나올 것이다.
너희가 저놈을 이용하려면
갇혀있게 내버려두지 마라.
우리 모두가 여러 가지로
저 녀석의 신세를 져왔으니까.   1270

파우스트

저런 동물에게 대항하려면
우선 네 개의 주문이 필요하다.

불의 요정 살라만더여, 불타올라라,
물의 요정 운데네여, 물결을 일으켜라,
바람의 요정 질페여, 사라져라,   1275
집의 요정 코볼트여, 수고해 다오.

이 4대 원소의
힘과
특성을
알지 못하는 자,   1280
정령을 다스리는
스승이라고 할 수 없다.

불꽃 속으로 사라져라,
살라만더여!
한데 모여 콸콸 흘러라,   1285
운데네여!
유성(流星)처럼 아름답게 빛나라,
질페여!
집안일을 돌봐다오.
인쿠브스여, 인쿠브스여![3]   1290
나타나서 끝을 맺어라.

네 가지 중 어느 하나도
이 동물에겐 들어 있지 않구나.
태연히 누워서 조롱하듯 날 바라본다.
아직 내게서 따끔한 맛을 못 보았구나.   1295
좀 더 효력 있는
강력한 주문을 들려주겠다.

너는 필시 지옥에서
도망쳐 나온 녀석이지?
그렇다면 지옥의 마귀들도   1300

---

3) 인쿠브스(Incubus) : 앞에 나오는 코볼트와 같음. 흙의 요정인 동시에 집안을 돌보는 요정.

머리를 조아리는
이 부적을 보아라.

벌써 털이 곤두서고 부풀어 오르는구나.

이 저주받을 녀석아!
이것을 읽을 수 있겠느냐?   1305
영원히 존재하시는 분,
말로써는 표현할 수 없는 분,
온 하늘에 가득 넘치시는 분,
십자가에 무참히 못 박힌 분이시다.

너는 난로 뒤에 갇혀 있다가   1310
코끼리처럼 부풀어 올라
방안을 가득 채우며
안개가 되어 흩어지려고 하는구나.
천장까지 올라갈 것 없다.
이 스승의 발치에 엎드려라!   1315
알겠느냐? 이것은 공연한 협박이 아니다.
지독한 불길로 널 그을려버리겠다.

세 겹으로 타오르는 신의 불길[4]은

기대하지도 말아라!

내 술법 중 가장 강력한 것도   1320

기대하지 마라!

메피스토펠레스 *(안개가 걷히면서 여행하는 학생 차림으로 난로 뒤에서 나온다.)*

왜 이리 소란스럽습니까? 무슨 분부라도 있사옵니까?

파우스트

오! 이건 바로 삽살개의 정체였군!

여행하는 학생이라? 거참 웃기는 일이군?

메피스토펠레스

박식하신 선생님께 인사드립니다.   1325

어지간히 진땀을 빼게 하시더군요.

파우스트

자네 이름이 뭔가?

메피스토펠레스

그 질문은 큰 가치가 없어 보입니다.

말(言)이란 걸 경멸하고, 겉모양을 무시해서

깊은 본질만을 탐구하시는 분으로서 말입니다.   1330

파우스트

너희 같은 부류에 대해선

---

4) 신의 눈이 중앙에 표시된 삼각형의 부적. 삼위일체를 상징한다.

마귀 두목,5) 유혹자, 사기꾼이란

이름만 들어도 정체를 짐작할 수 있지.

그건 그렇고 자넨 대체 누군가?

메피스토펠레스

　항상 악을 원하면서도　　　　　　　　　　　　　　1335

　항상 선을 창조해내는 힘의 일부입니다.

파우스트

　그 수수께끼 같은 말은 무슨 뜻인가?

메피스토펠레스

　소인은 끊임없이 부정(否定)을 일삼는 정령입니다.

　생성하는 모든 것은 멸망하기 마련이니,

　그것은 당연한 것입니다.　　　　　　　　　　　　1340

　그러니 처음부터 아무것도 생겨나지 않은 것이 좋았겠지요.

　당신들이 죄라느니, 파괴라니 하면서

　악이라고 부르는 모든 것이

　제가 가진 원래의 본성이랍니다.

파우스트

　자네는 힘의 일부라고 하지만, 내 앞에 서있는 건 전부가

　아닌가?　　　　　　　　　　　　　　　　　　　1345

메피스토펠레스

―――――――

5) 마귀 두목(Fliegengott) : 히브리어 Beelzebub(베엘제붑)을 독일어로 직역. 마태복음 12장 24절.

단순한 진리를 말씀드려야겠군요.

작은 바보의 세계를 만든 인간이,

흔히 그걸 전체라고 생각하지만,

소인은 처음에 전체였던 것의 일부의 또 일부랍니다.

저 빛을 낳은 암흑의 일부 말입니다. 1350

오만한 빛은 모체인 밤을 상대로

옛 지위, 즉 공간을 빼앗으려 싸움을 벌였지만

아무리 애를 써도 그건 안될 일입니다.

빛이란 물체에 붙어 떨어지지 않기 때문입니다.

빛은 물체에서 솟아나오고 물체를 아름답게 하지만, 1355

물체는 빛의 진로를 가로막지요.

그래서 빛은 오래지 않아

물체와 함께 멸망하게 될 것입니다.

파우스트

이제야 자네의 고상한 사명을 알겠네.

대규모로는 아무것도 파괴할 수 없으니까, 1360

조그만 것부터 시작하겠단 말이구먼.

메피스토펠레스

그것으로 많은 일을 해내지는 못했습니다.

무(無)와 맞서고 있는 어떤 유(有),

즉 이 볼품없는 세계에 대해,

벌써 여러 차례 시도해 보았지만, 1365

도저히 그것을 극복할 수 없었습니다.

파도, 폭풍, 지진, 화재를 다 동원해도

바다와 육지는 변함없이 남아있었습니다!

게다가 동물이니 인간이니 하는 망할 놈의 하찮은 것들에게도

전혀 피해를 줄 수가 없었습니다.   1370

그사이 내가 땅에 파묻은 놈들은 또 얼마나 많습니까?

그래도 여전히 새롭고 신선한 피가 순환되고 있습니다.

계속 이런 상황이니 정말 미칠 지경입니다.

공기, 물 그리고 땅에서,

메마른 곳, 축축한 곳, 따뜻한 곳 심지어 추운 곳에서까지,   1375

수많은 새싹들이 돋아납니다.

불꽃이라도 잡아두지 않았더라면,

내세울 만한 것이 하나도 없을 뻔했습니다.

파우스트

그래서 자네는 영원히 활동하면서

자비로운 창조의 힘에 맞서   1380

악마의 그 냉혹한 주먹을 음흉하게

움켜쥐고 휘둘러보았지만 헛일이란 말이군.

다른 일을 찾아 시작해 보는 게 어떨까?

혼돈이 낳은 기이한 아들이여!

메피스토펠레스

정말 깊이 생각할 문제입니다만,   1385

자세한 것은 다음번에 이야기하지요!

이번에는 이만 물러가도 되겠습니까?

파우스트

왜 그런 질문을 하는가?

이제 자네와 아는 사이가 되었으니,

원한다면 언제라도 날 찾아오게.   1390

이쪽은 창문, 저쪽은 출입문일세.

굴뚝도 자네에겐 적절한 통로가 될 수 있겠지.

메피스토펠레스

이건 고백하지 않을 수 없군요. 나가고는 싶습니다만,

조그만 방해물이 하나 저를 가로막고 있습니다.

저기 문지방 위에 붙은 부적의 별6) 때문입니다.   1395

파우스트

저 오각형의 별이 자넬 괴롭힌다고?

맙소사, 자 말해보게, 지옥의 자녀여!

그것이 자네를 금지했다면, 들어올 때는 어떻게 왔나?

어떻게 그 정령을 속였단 말인가?

메피스토펠레스

잘 보십시오! 저 부적은 옳게 그려져 있지 않습니다.   1400

밖으로 향해있는 한쪽 모서리가,

---

6) 문지방 따위에 그려놓은 마귀를 쫓는 별 모양의 부적.

보시다시피 약간 벌어져 있습니다.

파우스트

그것참 기가 막힌 우연이군!

그렇다면 이제 자네는 내 포로인가?

뜻밖에 큰 성공을 거둔 셈이군!　　　　　　　　　　1405

메피스토펠레스

삽살개로 뛰어들 땐 아무것도 살피지 못했는데,

이젠 사정이 달라졌습니다.

악마는 집 밖으로 나갈 수가 없습니다.

파우스트

그렇지만 창문을 통해 나갈 수 있지 않는가?

메피스토펠레스

악마와 도깨비에게도 법칙이 있습니다.　　　　　　　1410

숨어 들어온 곳으로만 나가야 한다는 것입니다.

들어올 땐 자유지만 나갈 땐 노예가 되는 겁니다.

파우스트

지옥에도 법칙이 있다?

그것 참 잘됐군. 그렇다면 자네 같은 존재하고도

안심하고 계약을 맺을 수 있겠지?　　　　　　　　1415

메피스토펠레스

한번 약속한 것은 믿으셔도 됩니다.

훼손하는 일은 절대로 없을 것입니다.

그러나 그리 간단하게 이루어질 수 없으니,

다음번에 만나거든 이야기하십시다.

이번만은 간곡하게 부탁드리오니,   1420

저를 좀 놓아주십시오.

파우스트

그렇지만 좀 더 머물러서,

진기한 이야기나 들려주게.

메피스토펠레스

지금은 보내주십시오! 곧 다시 돌아오겠습니다.

그때는 원하시는 대로 물어보시기 바랍니다.   1425

파우스트

내가 자네를 노린 게 아니라

자네가 스스로 덫에 걸려든 거지.

악마를 잡았으면, 그를 놓치지 말아야지.

다음번엔 그렇게 쉽게 잡히지 않을 테니까.

메피스토펠레스

정 그렇게 원하신다면 나도 마음을 다시 접고,   1430

여기 남아 친구가 되어드리지요.

그러나 나의 요술을 가지고 어울리는

시간을 보낸다는 조건이어야 합니다.

파우스트

요술을 기꺼이 보고 싶으니, 좋을 대로 한번 해보게.

요술은 재미있어야 하네!   1435

메피스토펠레스

당연히 당신은 한 시간 안에,

따분했던 한 해보다

더 많은 관능적 쾌락을 얻게 될 것입니다.

귀여운 정령들이 노래하는 것,

그들이 보여주는 아름다운 모습들은,   1440

공허한 요술놀이가 아닙니다.

당신의 후각도 기분이 좋을 것이요,

당신의 입안엔 달콤함이 감돌 것이요,

당신의 감각은 황홀경에 이를 것입니다.

미리 준비할 것도 없습니다.   1445

우리 패들이 다 모였으니, 자, 시작해보자!

정령들

사라져라, 머리 위 어두운

둥근 천장들아!

매력적으로 다정하게

바라보아라.   1450

푸른 하늘을!

검은 구름은

산산이 흩어져라!

작은 별들 반짝이고,

부드러운 햇빛이   1455
안으로 비쳐든다.
영혼이 아름다운
하늘나라 아들들
허리 굽혀 흔들거리며
두둥실 지나간다.   1460
그리운 마음이
그 뒤를 따라간다.
온갖 복장에서
펄럭이는 옷자락이
들판에 가득하고,   1465
정자에도 가득하다.
그곳은 사랑하는 사람들이
깊은 생각에 잠겨
평생을 언약하는 곳.
즐비한 정자들!   1470
싹트는 덩굴들!
주렁주렁 포도송이들이
압착기에 눌려
거대한 통 속으로 흘러든다.
거품 이는 포도주   1475
시냇물처럼 철철

맑고 청결한

바위 틈새로 졸졸

높다란 산들

뒤에다 두고,   1480

푸른 언덕

기슭을 감돌아

호수로 모여든다.

새들의 무리는

기쁨에 취해,   1485

태양을 향해 또

밝게 반짝이는

섬을 향해 훨훨 날아간다.

섬은 물결 위에

둥실 떠 있고,   1490

환호하는 무리의

합창소리 들려온다.

들판 위에는

춤추는 무리

모두들 야외에서   1495

즐기고 있다.

어떤 이들은

산에 오르고,

어떤 이들은 헤엄쳐

바다를 건너고,   1500

다른 이들은 하늘을 난다.

모두들 삶을 향해

모두들 저 멀리

사랑하는 별을 보며

하늘의 축복을 빈다.   1505

메피스토펠레스

이 친구 잠이 들었군! 잘했다! 귀여운 정령들아!

열심히 노래 불러 이놈을 잠들게 하였구나!

이 합창으로 나는 너희들에게 빚을 졌구나.

이 자가 감히 악마를 잡으려 하다니, 아직 어림도 없지!

이 자에게 달콤한 꿈의 형상이나 보여주고,   1510

망상의 바다 속에 빠트려버려라!

그리고 이 문지방의 마법을 풀려면

쥐들의 이빨이 필요하겠는데,

주문까지는 외울 필요가 없을 것 같다.

벌써 여기 한 놈이 바스락대는걸 보니 곧 내 명령을 듣게 되겠지.   1515

큰 쥐, 작은 쥐, 파리, 개구리,

빈대와 이, 주인께서 명령하노니,

이리 기어 나와서

이 문지방을 갉아버려라.

저자가 너희들을 위해 맛좋은 기름을 발라놓았다.　　　　　1520

벌써 뛰어나오는구나!

당장 일을 시작하라! 나를 마력으로 사로잡고 있는 뾰족한 끝은,

모서리 맨 앞쪽에 있다.

한 입만 더 갉아라! 그래 되었다.

그럼, 파우스트여 다시 만날 때까지 실컷 꿈이나 꾸게.　　　　1525

파우스트 (깨어나면서)

내가 또 속았단 말인가?

줄줄이 나타났던 정령들은 어디로 사라졌나?

악마를 만난 것은 꿈속의 일이었으며,

삽살개는 내게서 달아나버렸단 말인가?

서재(書齋) 2

파우스트. 메피스토펠레스.

파우스트

누가 문을 두드리는가? 들어오시오! 누가 또 날 귀찮게 할까?　　　1530

메피스토펠레스

납니다.

파우스트

들어오게.

메피스토펠레스

세 번 말해주어야 합니다.

파우스트

들어오게, 그럼.

메피스토펠레스

이제 되었습니다.

우리 서로 사이좋게 지내길 바랍니다.

당신의 시름을 몰아내 드리려고

고상한 귀공자 차림을 하고 여기에 왔습니다.   1535

빨간 옷에 금박 장식을 하고,

사각거리는 비단 외투를 입고,

모자에는 수탉의 깃털을 꽂고,

길고 뾰족한 칼도 하나 찼답니다.

당신에게도 권하오니   1540

당장 나와 같은 복장을 하시지요.

그러면 모든 속박에서 벗어나

인생이 어떤 건지 체험해 볼 수 있습니다.

파우스트

이 지상의 삶에서 옷을 어떻게 입든

고통은 변함없으리라.   1545

놀기만 하기엔 너무 늙었고,

소망 없이 살기엔 너무 젊었다.

세상이 나에게 무엇을 줄 수 있단 말인가?

부족해도 참아라! 부족해도 참아라!

이것이 영원한 노래다.   1550

누구의 귓전에든 변함없이 울리는 그 노래,

우리는 한 평생을 계속해서

그 목쉰 노랫소리를 듣고 산다.

나는 아침마다 두려운 마음으로 잠에서 깬다.

뜨거운 눈물 흘리며 울고 싶어지는 것은,   1555

하루가 다 지나가도록,

한 가지, 단 한 가지 소망도 이루지 못하고,

모든 쾌락의 예감조차

집요한 비판으로 감소되고,

가슴속에 약동하는 창조의 열정도   1560

오만 가지 세상 일로 방해를 받기 때문이다.

밤의 장막이 내려도 나는

불안한 마음으로 자리에 누워,

여전히 안식을 얻지 못하고

갖가지 사나운 꿈에 시달린다.   1565

내 가슴속에 살아있는 신은

내 마음 깊은 곳까지 움직일 수 있지만,

내 모든 힘 위에 군림하는 신은

바깥을 향해선 아무것도 움직일 수가 없구나.

그리하여 내겐 존재한다는 것이 짐이 되고,   1570

죽음이 바람직할 뿐, 산다는 게 역겹기만 하구나.

메피스토펠레스

그렇지만 죽음은 그리 환영받는 손님이 아닙니다.

파우스트

오, 복 받을지어다! 승리의 영광 속에

피 묻은 월계관을 머리에 쓰고 죽는 자!

미친 듯 춤을 춘 다음   1575

소녀의 품안에서 죽음을 맞는 자!

나도 저 숭고한 지령의 위력 앞에서

황홀하게 넋을 잃고 쓰러졌더라면 좋았을 것을!

메피스토펠레스

하지만 누군가 그날 밤

갈색 물약을 마시지는 않았더군요.   1580

파우스트

염탐질하는 게 자네 취미인 모양이군.

메피스토펠레스

모든 걸 다 알지는 못해도, 난 제법 많은 것을 알고 있습니다.

파우스트

무서운 마음의 혼란으로부터는

귀에 익은 감미로운 소리가 나를 이끌어 주었고,

유년기의 감정이 아직 남아있는 내 마음은 1585

즐거웠던 그 시절의 여운으로 속였지만,

나는 저주하노라,

내 영혼을 유혹과 속임수로 사로잡아

이 슬픔의 동굴 속에

기만과 감언이설로 잡아놓은 모든 것을! 1590

무엇보다 우리 정신을 사로잡고 있는

저 드높은 욕망을 저주하노라!

우리의 감각을 자극하는

자연현상의 현란함을 저주하노라!

꿈속에서 우리를 기만하는 1595

명예니 불멸의 명성이니 하는 환상을 저주하노라!

아내와 자식, 종과 쟁기 등

소유물로서 우리에게 아첨 떠는 것을 저주하노라!

황금의 신 맘몬도 저주하나니,

제물을 믿고 갖가지 무모한 행동을 하도록 충동질하고, 1600

안일한 쾌락을 누리도록

편안한 자리를 마련해 주기 때문이다.

저주하노라, 포도의 향긋한 과즙을!

저주하노라, 저 지고한 사랑의 은총을!

저주하노라, 희망을! 저주하노라 신앙을! 1605

무엇보다 인내를 저주하노라!

정령들의 합 (모습은 보이지 않는다)

　　　슬프다! 슬프다!

　　　그대는 억센 주먹으로,

　　　아름다운 이 세상을,

　　　산산이 부수었구나.　　　　　　　　　　　　1610

　　　세상이 무너지고, 세상이 붕괴되었구나!

　　　반신(半神)[1]이 세상을 때려 부수었구나!

　　　우리는 부서진 조각들을

　　　허무 속으로 나르며,

　　　사라진 아름다움을　　　　　　　　　　　　1615

　　　못내 한탄한다.

　　　지상의 아들 중

　　　누구보다 강한 그대여,

　　　세상을 더 아름답게

　　　다시 만들고,　　　　　　　　　　　　　　1620

　　　그대의 가슴속에 다시 세워라!

　　　밝은 마음으로

　　　새로운 인생행로를

　　　시작하여라.

---

1) 반신(Halbgott) : 파우스트를 가리킴.

새로운 노래   1625

울려 퍼지리라!

메피스토펠레스

저것들은 우리 집안의

하찮은 아이들입니다.

얼마나 조숙하게

쾌락과 행위를 권하고 있습니까?   1630

감각과 피의 흐름이 막혀버린

고독의 경지에서,

넓고 넓은 세상으로

당신을 유혹하고 있습니다.

독수리가 당신의 가슴을 쪼아대듯이,   1635

당신의 번뇌를 보이는 짓은 그만하십시오.

아무리 하찮은 사람과 어울리더라도 당신이

인간과 더불어 사는 존재임을 느껴야 합니다.

그렇다고 당신을 천민들 사이에

밀어 넣자는 뜻은 아닙니다.   1640

내가 위대한 존재는 아니지만,

당신이 나와 함께 어울려

세상에 발을 들여놓을 생각이라면,

나는 기꺼이 순종하면서

당신의 것이 되겠습니다. 1645

당신의 동반자가 되었다가

마음에 드신다면

하인이건 종이건 무엇이든 되어드리겠습니다.

파우스트

그 대가로 나는 그대에게 무엇을 해줘야 하나?

메피스토펠레스

그러기엔 아직 충분한 시간여유가 있습니다만. 1650

파우스트

아닐세, 아니야! 악마란 원래 이기주의자니까,

다른 사람에게 이로운 일을,

그렇게 쉽사리 해 줄 리가 없지.

조건을 분명하게 말해보게.

그런 하인은 집안에 화를 불러들이기 쉽지. 1655

메피스토펠레스

그럼 이 세상에서 내가 시중을 들며

당신의 지시에 따라 쉬지 않고 일하겠습니다.

그 대신 저승에서 다시 만날 땐,

당신이 나에게 같은 일을 해주셔야 합니다.

파우스트

저승은 나와 관계가 없네. 1660

자네가 우선 이 세상을 폐허로 만들어 버린다면,

그 다음은 다른 세상이 생겨나겠지.

그러나 나의 기쁨은 이 땅에서만이 솟아나고,

나의 고뇌는 이 태양만이 비춰줄 뿐이네.

이것들과 우선 헤어질 수 있다면   1665

그 다음엔 무슨 일이 일어나든 상관없네.

미래에도 사랑과 증오가 존재하는지,

그 세상에도

상하의 구분이 존재하는지,

그런 이야기는 더 이상 듣고 싶지 않네.   1670

메피스토펠레스

그런 생각이시라면 모험 한 번 해볼 만합니다.

계약을 하시지요. 그러면 며칠 안에

내 재주를 재미있게 구경할 수 있습니다.

어떤 인간도 구경하지 못한 것을 보여드리겠습니다.

파우스트

자네 같은 가련한 악마가 무얼 보여주겠다는 건가?   1675

고귀한 노력을 잊지 않는 인간의 정신을

자네 따위가 이해한 적이 있는가?

그대는 나에게 배부르지 않는 진수성찬이나,

수은 모양 둥글게 만들어져 쉴 새 없이

손에서 빠져나가는 붉은 금(金)이나,   1680

결코 이겨낼 수 없는 노름이나,

내 품안에 안겨 있으면서

이웃 사내에게 눈짓으로 약속하는 소녀나,

유성처럼 사라져버리는

신들의 쾌락 같은 명예를 보여줄 수 있단 말인가?　　　　1685

따기도 전에 썩어버리는 과일이라던지,

나날이 새롭게 푸르러가는 나무가 있다면 보여주게!

메피스토펠레스

그 정도 주문은 놀라운 게 아닙니다.

그런 소망이라면 곧 이루어 들일 수 있습니다.

하지만 선생 나리, 편안한 가운데서　　　　　　　　　1690

맛있는 음식을 먹고 싶을 때도 있을 겁니다.

파우스트

내가 한가로이 침상에 누워 뒹군다면,

당장 파멸해도 좋네!

자네의 감언이설에 속아

자기도취에 빠지거나,　　　　　　　　　　　　　1695

관능의 쾌락에 농락당한다면,

그때가 내게 최후의 날이 될 것이네!

자, 내기를 하세!

메피스토펠레스

좋습니다.

파우스트

다시 한 번 약속하네!

내가 어느 순간을 향해

멈추어라! 너 정말 아름답구나! 하고 말한다면,   1700

그땐 자네가 날 결박하게.

난 기꺼이 파멸의 길을 가겠네!

그러면 나를 위해 조종(弔鐘)이 울리겠지.

자네는 내 시중드는 일에서 해방될 것일세.

시계는 멈추고 바늘은 떨어질 것이며,   1705

나를 위한 시간은 그것으로 끝날 것이네.

메피스토펠레스

잘 생각하십시오. 우리는 그것을 잊어서는 안 됩니다.

파우스트

그 점에 관해서 자네가 모든 권리를 가지게.

내가 무모하게 결정한 것은 결코 아니네.

내가 어느 순간을 고집하는 즉시 종이 되겠네.   1710

그게 자네 종이던 누구의 종이던 관계없네.

메피스토펠레스

그렇다면 오늘 당장 박사학위 축하연부터

종으로서 의무를 다하겠습니다.

다만 한 가지! 확실한 보증을 위해

한두 줄로 기록을 해주시기 바랍니다.   1715

파우스트

증서까지 요구하는 건가? 옹졸한 친구 같으니라고.

자네는 아직 남자의 한마디가 얼마나 무거운 줄 모른단 말인가?

내가 한 말이 내 일생을

지배한다는 사실로 충분치 않은가?

세상은 여러 물줄기로 갈라져 흘러가는데,   1720

나는 한 가지 약속에 얽매여야 한단 말인가?

그러나 이런 망상은 우리 마음속에 깊이 박혀있어서,

누가 쉽게 벗어날 수 있겠는가?

마음속에 깨끗한 신의를 지니고 있는 자는 행복할 것이요,

어떠한 희생에도 후회함이 없으리라!   1725

그러나 문서로 기록해 봉인한 양피지는,

누구나 꺼리는 도깨비 같은 것이지.

말은 붓끝에서 이미 생명을 잃고,

밀랍과 가죽 끈이 주인 행세를 하는 거지.

악한 정령인 자네는 내게 무얼 바라는 건가?   1730

놋쇠 판인가, 대리석인가, 양피지인가, 종이인가?

철필로 써줄까? 끌로 새겨줄까? 붓으로 써줄까?

무엇을 택하던 자네가 원하는 대로 해주겠네.

메피스토펠레스

어찌하여 그리도 열을 올리며

장황한 이야기를 늘어놓으십니까?   1735

아무 종이라도 좋습니다.

그저 피 한 방울로 서명만 해주십시오.

파우스트

그래야 만족을 느낀다면,

그 어리석은 짓을 해주겠네.

메피스토펠레스

피란 아주 특별한 액체지요.　　　　　　　　　　　　　　1740

파우스트

내가 계약을 깨뜨릴까봐 걱정하지 말게!

이 약속을 지키기 위해

전력을 다해 노력하겠네.

내 비록 잘난 척 으스대긴 했지만,

자네 정도의 존재에 불과하다네.　　　　　　　　　　　　1745

위대한 지령은 날 물리쳤고,

자연도 내 앞에서 문을 닫아버렸네.

사색의 실마리는 끊어져버렸고,

온갖 지식에도 구역질이 난지 오랠세.

차라리 관능의 늪에 파묻혀,　　　　　　　　　　　　　　1750

불타는 정열을 잠재우고 싶네!

꿰뚫어볼 수 없는 마법의 장막 속에,

온갖 요술이나 준비해주게!

시간의 여울 속으로, 사건의 소용돌이 속으로,

우리 한번 뛰어들어 가보세!　　　　　　　　　　　　　　1755

그래서 고통과 쾌락을,

성공과 실의를,

마음껏 체험해 보세!

쉬지 않고 행동하는 자, 그가 바로 장부 아닌가?

메피스토펠레스

당신에게는 척도나 목표가 정해져 있지 않습니다.　　　　　　1760

마음 내키시면 어디서나 맛을 보시고,

도망 중이라도 무엇인가 날쌔게 낚아챌 수 있으며,

마음에 드는 게 있으면 꼭 손에 넣기 바랍니다.

멍청하게 굴지 말고 마음껏 움켜잡으세요!

파우스트

쾌락에 관해 말하고 있는 게 아니네.　　　　　　　　　　　1765

고통스런 향락, 사랑에 눈먼 증오,

기분이 후련해지는 화풀이 같은 도취경에 몸을 맡기고 싶네.

지식의 욕망에서 벗어나,

어떠한 고통도 감수하면서,

인류 전체에게 주어진 것을,　　　　　　　　　　　　　　1770

내면의 자아로 음미해 보고자 하네.

내 정신으로 가장 높고 가장 깊은 것을 파악해서,

그 기쁨과 슬픔을 내 가슴에 쌓아올려,

내 자신의 자아를 온 인류의 자아로까지 확대시켜 보고 싶네.

그리고 끝내는 인류와 더불어 나도 멸망하고자 하네.　　　　1775

메피스토펠레스

　수천 년 동안 이 질긴 음식을

　씹고 있는 나를 믿으시기 바랍니다.

　요람에서 무덤까지 어떠한 인간도

　이 질긴 효모를 소화해내지 못합니다.

　제발 우리의 말을 믿으시기 바랍니다.　　　　　　　1780

　그런 것은 모두 신을 위해 만들어진 것입니다.

　신 자신은 영원한 광명 속에 존재하면서,

　우리를 어둠 속에 몰아넣고,

　당신들 인간에게만 낮과 밤을 마련해 준 것입니다.

파우스트

　나는 혼자 해보겠네.

메피스토펠레스

　그거 듣기는 좋은 말입니다!　　　　　　　　　　1785

　그러나 한 가지 염려스러운 것이 있으니,

　인생은 짧고 예술은 길다는 사실입니다.

　당신은 배우기를 좋아하는 것 같으니,

　시인과 친분을 맺고,

　그로 하여금 공상 속을 헤매게 해서,　　　　　　　1790

　온갖 고귀한 창의성을,

　예지에 찬 당신의 머릿속에 쌓아올리시기 바랍니다.

　사자의 용맹스러움,

사슴의 민첩성,

이탈리아인의 끓는 피,   1795

북방인의 끈기 같은 거 말입니다.

또한 그에게 관대함과 간특함을 겸비하면서,

뜨거운 청춘의 충동을 지니고,

계획대로 연애를 할 수 있는,

비결을 알려 달라고 하십시오!   1800

그런 사람이라면 나도 소우주(小宇宙) 선생이라,

부르며 사귀고 싶습니다.

파우스트

내 모든 이성이 추구하는,

인생의 왕관을 쟁취하지 못한다면,

나는 대체 무엇이란 말인가?   1805

메피스토펠레스

당신은 결국 – 있는 그대로의 당신이지요.

몇백 만 가닥의 머리털로 된 가발을 쓴다 해도,

제아무리 굽 높은 구두를 신는다 해도,

당신은 여전히 당신일 뿐입니다.

파우스트

나도 그걸 느끼네. 나는 부질없이,   1810

인간 정신의 온갖 보화를 긁어모아 보았지만,

내부에서 솟구치는 아무런 힘도 자각하지 못하고,

결국 이런 꼴로 주저앉아 있네.

털끝만큼도 높아지지 못했고,

한 걸음도 무한한 자에게 다가서지 못했네.   1815

메피스토펠레스

아니, 학자 나리, 당신은 사물을,

세상 사람들과 똑같이 보고 있었군요.

삶의 기쁨이 달아나기 전에,

좀 더 민첩하게 굴어야지요.

이런 참! 손과 발,   1820

머리와 엉덩이는 물론 당신 것이죠.

그렇다고 내가 새롭게 향유하고 있는 모든 게

내 것이 아니라고는 못 할 거요.

가령 내가 여섯 마리의 말 값을 치를 수 있다면,

그놈들의 힘은 내 것이 아닐까요?   1825

그래서 나는 마치 스물네 개의 다리라도 가진 양

신나게 달릴 수 있는 당당한 사나이가 되지요.

그러니, 기운을 내십시오! 모든 잡념을 걷어치우고,

당장 이 세상으로 같이 뛰어듭시다!

충고하건데, 이리저리 궁리나 하는 놈은   1830

귀신에 홀려 메마른 황야를 헤매는

짐승과 같은 꼴이지요.

주변엔 아름답고 푸른 풀밭이 널려 있는데도 말입니다.

파우스트

그럼 어떻게 시작을 하지?

메피스토펠레스

당장 여길 떠납시다.

이런 고문실이 또 어디 있겠습니까?   1835

자신과 학생들까지도 지루하게 만드는 이런 짓을

인생이라 할 수 있습니까?

이 일은 이웃 뚱보 선생에게나 맡겨버리세요!

왜 이삭도 없는 짚단을 터느라 고생을 합니까?

당신이 알아낸 최고의 진리는 아직   1840

어린 학생들에게는 이야기할 수 없는 형편이지요.

마침 한 녀석이 복도에 나타났군요!

파우스트

나는 그 학생을 만날 수 없네.

메피스토펠레스

그 녀석 딱하게도 오랫동안 기다렸는데,

한 마디 위로의 말도 없이 그냥 돌려보낼 수야 없지요.   1845

자, 당신의 가운과 모자 좀 빌려주시죠.

이런 변장이 내겐 제법 어울릴 겁니다. *(그는 옷을 갈아입는다)*

이제 뒷일은 내 재치(才致)에 맡겨두십시오!

십오 분 정도면 충분합니다.

당신은 그 동안 멋진 여행 준비나 해두시기 바랍니다!

메피스토펠레스 *(파우스트의 긴 옷을 입고)*

　이성이네 학문이네 하는

　인간 최고의 힘을 경멸해 주고,

　오로지 요술과 마법을 이용해

　악마의 힘을 받게 해주자.

　그러면 저 녀석은 틀림없이 내 손아귀에 들겠지 –   1855

　저 녀석의 운명이 부여받은 정신은,

　거침없이 앞으로만 내달리려고 해서,

　그 성급한 노력 때문에 지상의 쾌락을,

　눈여겨보지도 않고 뛰어넘어 버릴 거야.

　내 저 녀석을 기어이 거친 삶으로,   1860

　그 천박한 세계로 끌어들여야지.

　녀석은 필경 허우적거리며 아등바등 매달릴 것이다.

　허기진 탐욕의 입술 앞에,

　진수성찬과 맛좋은 술이 어른거리게 하리라.

　녀석은 식욕으로 눈이 뒤집혀 애걸복걸 하겠지.   1865

　그쯤 되면 악마에게 자신을 내맡기지 않는다 해도,

　결국 제풀에 파멸하고 말겠지!

　　(한 학생이 등장한다.)

학생

　저는 얼마 전 이 고장에 왔습니다.

모두가 경외하는 선생님의 높으신 존함을 듣고,

한번 뵙고 말씀이라도 듣고자,   1870

흠모의 마음을 안고 이렇게 찾아왔습니다.

메피스토펠레스

자네의 정중한 인사를 받으니 반갑네!

보다시피 나도 다른 사람들과 같은 인간일세.

자넨 이미 여러 곳을 찾아다녔겠지?

학생

절 제자로 받아주시길 간절히 청합니다!   1875

저는 크나큰 용기를 가지고 찾아왔습니다.

학비도 넉넉하고 원기도 왕성합니다.

모친께선 절 내보내려 하지 않으셨지만,

바깥세상에서 무언가 올바른 것을 배우고 싶습니다.

메피스토펠레스

그렇다면 자넨 올바른 곳을 찾아왔구먼.   1880

학생

솔직히 말씀드려서 저는 곧장 다시 떠나고 싶었습니다.

성벽(城壁)과 강당은

전혀 마음에 들지 않았습니다.

비좁은 공간에다

풀 한 포기, 나무 한 그루 보이지 않았습니다.   1885

강의실에 들어가 의자에 앉으면,

듣고 보고 생각하는 게 모두 혼미해질 것 같았습니다.

메피스토펠레스

　그런 건 그저 습관 탓일세!

　갓난아이도 엄마의 젖을 보고,

　처음부터 즐겨 빨아대는 게 아니네.　　　　　　　　1890

　그러나 곧 즐겁게 빨게 되지.

　자네도 그와 같이 날이 갈수록,

　지혜의 젖가슴을 탐닉하게 될 걸세.

학생

　저도 지혜의 목에 매달리고 싶은 생각이 간절합니다만,

　어떻게 그곳에 도달할 수 있는지 가르쳐 주시겠습니까?　1895

메피스토펠레스

　이야기를 더 하기 전에

　무슨 학과를 선택했는지 말해 보게.

학생

　훌륭한 학자가 되는 게 저의 소원입니다.

　지상과 천상의

　모든 일을 다 배워서　　　　　　　　　　　　　　　1900

　학문과 자연에 통달하고 싶습니다.

메피스토펠레스

　그렇다면 바른 길을 찾아왔군.

　그러나 잠시도 방심하면 안되네.

학생

　　몸과 마음을 다 바칠 생각입니다.

　　하지만 즐거운 여름방학에는　　　　　　　　　　1905

　　약간의 자유와 기분풀이로

　　나를 쾌적하게 하려고 합니다.

메피스토펠레스

　　시간은 빨리 흐르는 것이니 아껴서 써야 하네.

　　규칙적인 생활을 하면 시간을 벌게 되지.

　　충실한 제자인 그대에게 우선　　　　　　　　1910

　　논리학 강의부터 들어보길 권하네.

　　그러면 자네의 정신이 잘 길들여질 거야.

　　스페인식 장화를 신 듯 잘 졸라매어,

　　사상의 길을 가는대도

　　신중하게 걸음을 내디뎌서,　　　　　　　　　1915

　　도깨비불 마냥 이리저리

　　헤매지는 않을 걸세.

　　그리고 제멋대로 단숨에 해치우던,

　　먹고 마시는 일도,

　　하나! 둘! 셋! 순서가　　　　　　　　　　　1920

　　필요하다는 걸 얼마동안 배우게 될 걸세.

　　사실 사상의 공장이란,

　　훌륭한 직조물과 같아서,

한 번 밟으면 천 올의 실들이 움직이고,

북이 이리저리 넘나드는 가운데,   1925

실들은 눈에 띄지 않게 물 흐르듯 움직여,

한 번을 쳐도 수많은 결합이 이루어지게 된다네.

철학교수는 강의실에 들어와

이것은 이러저러하다고 논증할 걸세.

즉, 첫째가 이러하고, 둘째가 이러한즉,   1930

셋째와 넷째 역시 이러해야 하리라,

만약 첫째와 둘째가 이러하지 않다면,

셋째와 넷째도 결코 이러하지 않으리라.

이런 논리를 학생들은 어디서나 찬양하지만,

어느 누구도 대가가 되지는 못했다네.   1935

살아 있는 것을 이해하고 서술하려는 자는,

우선 정신을 그 속에서 몰아내려고 애를 써서,

부분적인 것은 손에 넣지만,

유감스럽게도 정신적인 유대가 없단 말이네.

화학에서는 이것을 자연의 조작(操作)이라고 부르지만,   1940

스스로를 조롱할 뿐 근본 이치는 모른다네.

학생

무슨 말씀인지 잘 이해하지 못하겠습니다.

메피스토펠레스

자네가 모든 것을 근원으로 환원시켜,

정확하게 분류할 수 있다면,

멀지 않아 더 잘 이해하게 될 걸세.   1945

학생

여러 말씀을 듣노라니 정신이 멍해져서,

머릿속에 물레방아가 윙윙 돌아가는 것 같습니다.

메피스토펠레스

그 다음엔 모든 일에 앞서

형이상학 공부를 시작하게!

그러면 인간의 머리로 알 수 없는 것을   1950

심오한 의미를 붙여 파악하게 될 걸세.

머릿속에 용납되던 안되던,

멋진 용어들이 도움이 될 거네.

그러나 우선 처음 반 년 동안은,

모범적인 수강생이 되도록 노력하게.   1955

매일 다섯 시간씩 강의가 있는데,

종소리가 울리면 반드시 강의실에 들어가야 하네!

예습을 철저히 해둘 뿐만 아니라

강의 내용도 잘 익혀 놓도록 하게.

그러다 보면 자네도 곧 교수란 책에 씌어 있는 것 밖에는,   1960

이야기할 줄 모른다는 것을 알게 될 거네.

그래도 필기만은 성령을

받아 적듯이 열심히 적어 두게!

학생

그야 두말하실 필요가 없습니다!

그게 얼마나 유용한 일인지 잘 압니다.   1965

흰 종이 위에 까맣게 써놓은 것을

기분 좋게 집으로 가져갈 수 있으니까요.

메피스토펠레스

그런데 내게서는 무슨 학과를 택하고 싶은가?

학생

법학은 마음이 끌리지 않습니다.

메피스토펠레스

자네 생각을 탓할 수는 없지.   1970

그 학문의 성격은 내가 잘 아니까.

법과 제도는

영원한 질병처럼 유전되는 것이라네.

한 세대에서 다른 세대로 전승되고,

이 지방에서 저 지방으로 쉽게 옮겨 다니지.   1975

이성이 불합리로, 선행이 고난으로 변하니

자네가 그 자손으로 태어난 것이 슬플 뿐일세!

우리가 타고난 기본권에 대해

유감스럽게 아무도 문제 삼는 이가 없다네.

학생

선생님 말씀을 들으니 법학이 더욱 싫어집니다.   1980

오, 선생님의 가르침을 받는 사람은 얼마나 행복할까요.

그럼 신학을 공부하는 건 어떨는지요.

메피스토펠레스

난 자네를 잘못된 길로 인도하고 싶지 않네.

이 학문으로 말하자면,

잘못된 길을 피하기가 쉽지 않아.   1985

숨겨진 독이 너무 많아서,

좋은 약과 구별하기가 무척 어렵다네.

최상의 방법은 한 분의 스승만을 모시고,

그 분 말씀만을 신봉(信封)하는 일일세.

어쨌든 말이란 것을 존중해야 하네!   1990

그래야 안전한 문을 통하여,

확신의 전당으로 들어 갈 수가 있네.

학생

하지만 말에는 어떤 개념이 필요하지 않을까요?

메피스토펠레스

물론이지! 그러나 너무 걱정할 것은 없네.

바로 개념이 부족할 때,   1995

말이 나타나는 법이니까.

말로써 멋진 논쟁을 벌일 수 있고,

말로써 하나의 체계를 세울 수도 있지.

말은 충분히 믿을 수 있는 것이니까,

한 마디 말에서 한 획도 소홀히 할 수 없는 것이네.   2000

학생

여러 질문으로 귀찮게 해드려 죄송합니다만,

한 가지만 더 여쭤보고 싶습니다.

의학에 대해서도 효과적인,

말씀을 한마디 해주실 수 없겠습니까?

삼 년이면 짧은 세월인데,   2005

그 분야는 정말 너무 넓습니다.

방향만이라도 조언을 받을 수 있다면,

훨씬 쉽게 찾아 갈 것 같습니다.

메피스토펠레스 *(혼잣말로)*

이 따위 메마른 말투가 이젠 싫증이 나는군.

다시 악마 노릇을 제대로 해야겠다.   2010

(큰소리로) 의학정신을 터득하는 것은 쉬운 일이지.

크고 작은 세계를 두루 연구하고,

다음엔 신의 뜻대로 되도록,

지켜보는 수밖에 없지.

자네가 학문을 한다고 사방을 돌아다녀 봐야 헛일이네.   2015

모두가 자신이 배울 수 있는 것만 배울 뿐이라네.

그러나 기회를 포착하는 자가 있다면,

그가 바로 진정한 남자라 할 수 있지.

자네도 당당한 체격에,

배짱 또한 부족한 것 같지 않으니,   2020

스스로 자신감만 가진다면,

다른 사람들도 자네를 믿을 걸세.

특히 여자들 다루는 법을 배워두게.

여자들이란 아프다, 괴롭다 하면서,

끊임없이 하소연을 하지만,   2025

딱 한군데만 치료해주면 낫게 돼있으니까,

자네가 웬만큼 성실하게 군다면,

여자란 여자는 몽땅 수중에 넣을 수 있다네.

무엇보다 학위를 하나 획득해서

자네의 의술이 어느 누구보다 우월함을 믿게해야 하네.   2030

다른 사람들이 수년 동안 겉만 쓰다듬던

온갖 소중한 부위들을 반가운 마음으로 더듬어 보게나.

맥을 짚는 법도 잘 배워야 하네.

그리고 이글대는 눈길을 능청스레 던지면서,

얼마나 졸라 맺는지 알아야겠다는 듯,   2035

날씬한 허리를 마음껏 주물러보게.

학생

어디를 어떻게 해야 할지, 훨씬 쉽게 이해가 됩니다!

메피스토펠레스

여보게, 모든 이론은 회색빛이라네.

푸른 것은 인생의 황금나무지.

학생

솔직히 말씀드리자면, 저는 지금 꿈속을 헤매는 것 같습니다.   2040

다시 한 번 선생님을 찾아뵙고

높으신 지혜를 마음 깊이 배우고 싶습니다.

메피스토펠레스

내가 할 수 있는 것이라면 기꺼이 도와주겠네.

학생

저는 이대로 그냥 되돌아 갈 수 없습니다.

여기 저의 기념 첩에다 호의의 표시로   2045

한 말씀 적어 주시길 바랍니다.

메피스토펠레스

그렇게 하지. *(글을 써서 건네준다.)*

학생 *(읽는다.)*

너희 신과 같이 되어 선과 악을 알게 되리라.[2)]

(기념 첩을 겸손하게 덮고 작별 인사를 한다.)

메피스토펠레스

이 옛 말씀과 나의 숙모인 뱀을 따르도록 하게.

언젠가는 자네가 신을 닮았다는 사실이 두려워질 것이네!   2050

(파우스트가 등장한다.)

파우스트

---

2) Eritis sicut Deus scientes bonum et malum. 라틴어로 된 『구약성서』 「창세기」 3장 5절의 말.

이제 어디로 가야하지?

메피스토펠레스

어디든 당신이 원하는 곳으로.

처음엔 작은 세계를, 다음엔 큰 세계를 보도록 합시다.[3]

이 과정을 공짜로 마음껏 볼 수 있다는 건,

참으로 즐겁고 유익한 일 아닙니까!

파우스트

내 긴 수염의 체면 때문에   2055

그렇게 경박한 생활을 할 수 있을까?

아무래도 성공할 것 같지가 않네.

나는 지금까지 한 번도 세상과 어울려 살질 못했네.

다른 사람들 앞에만 서면 내 자신이 옹졸하게 느껴져

언제나 망설이게 된다네.   2060

메피스토펠레스

안심하십시오, 모든 게 다 잘되어 갈 겁니다.

자신만 가진다면, 사는 게 어렵지는 않습니다.

파우스트

그런데 집에선 어떻게 나가지?

말이나 하인이나 마차는 어디에 있고?

---

3) 작은 세계(Die kleine Welt)는 파우스트 1부의 배경이 되는 시민사회, 큰 세계(Die große Welt)는
   파우스트 2부의 배경이 되는 궁정사회를 가리킨다.

메피스토펠레스

　　이 외투를 펼치기만 하면,　　　　　　　　　　　　　　2065

　　그것이 우리를 싣고 하늘을 날아갈 것입니다.

　　이 모험적인 행동에,

　　무거운 짐은 들고 가지 마십시오.

　　내가 준비한 가벼운 더운 바람이

　　우리를 훌쩍 지상에서 들어 올릴 것입니다.　　　　　　2070

　　우리가 가벼우면 더 빨리 오르겠지요.

　　당신의 새로운 인생을 축하드립니다!

라이프치히의 아우어바흐 지하 주점(酒店)

(유쾌한 젊은이들의 술자리)

프로슈

　　술은 아무도 안 마시냐? 웃는 놈도 없고?

　　인상 쓰는 법을 가르쳐줘야겠군!

　　전에는 늘 팔팔하던 놈들이,　　　　　　　　　　　　2075

　　오늘은 왜 이리 푹 젖은 지푸라기 꼴이냐.

브란더

　　그건 너 때문이야. 네놈이 늘 하던

　　바보짓도, 음탕한 장난도 안하니까.

프로슈 *(브란더의 머리에 포도주를 부으며)*

자, 두 가지를 다 해주지!

브란더

야 이 돼지 같은 놈아!

프로슈

네놈이 원해서 한 건데 왜 그래! 2080

지벨

싸울 놈은 밖으로 나가라!

가슴을 펴고 룬다[1]를 부르자, 마시고 소릴 지르자!

일어나라! 홀라! 호!

알트마이어

아이고, 정신없어!

솜 좀 가져와라! 저 녀석 때문에 귀청 터지겠다.

지벨

천장이 쩌렁쩌렁 울릴 정도가 되어야, 2085

진짜 베이스의 위력을 알게 될 걸.

프로슈

맞아, 불만이 있는 놈은 밖으로 꺼져라!

아! 타라 라라 다!

알트마이어

---

1) 후렴이 붙어있는 윤창(輪唱).

아! 타라 라라 다!

프로슈

이제야 목소리가 제대로 맞는구나. *(노래 부른다)*

　　사랑하는 신성독일로마제국이여,　　　　　　　　　2090

　　어째서 아직도 합쳐져 있는가?

브란더

역겨운 노래! 퉤! 정치적인 노래야!

불쾌한 노래지! 매일 아침 신께 감사나 드려라.

네놈들이 로마제국을 걱정할 필요는 없으니!

나도 황제나 재상이 되지 않은 것을　　　　　　　　　2095

대단히 다행스럽게 생각한다.

하지만 우리에겐 대장이 필요하지.

우리들의 교황을 한 명 뽑자.

어떤 자격을 가진 자가

추대되어 결정되는지는 알 테니까.　　　　　　　　　2100

프로슈 *(노래 부른다)*

　　훨훨 날아라, 꾀꼴 새야.

　　임에게 천만 번 인사를 전해다오.

지벨

임에게 웬 놈의 인사! 정말 듣기 싫군!

프로슈

임에게 인사와 키스를 전해다오! 날 방해하지 마! *(노래 부른다.)*

빗장을 열어라! 고요한 밤에,   2105

빗장을 열어라! 임이 기다린다.

빗장을 닫아라! 아침 일찍.

지벨

그래, 불러라 불러, 그년을 사모하고 찬양해라!

언젠가 때가 되면 비웃어 주겠다.

그년이 날 우롱했듯이, 너도 내 꼴을 당하리라.   2110

그년의 애인으로는 요괴가 제격이지!

그놈이라면 그년과 네거리에서도 시시덕거리겠지.

그러면 브로켄 산²⁾에서 돌아오는 호색(好色)꾼

늙은 염소도 야릇하게 웃으며 지나가겠지.

심신이 건강한 진실한 사내라면,   2115

그런 화냥년에게 과분하단 말일세.

그런 년한테 인사라니,

차라리 그년 집 창문에 돌팔매질이라도 하고 싶네.

브란더 *(탁자를 두들기며)*

잠깐! 잠깐! 내 말 좀 들어보게!

나도, 솔직히 말해, 세상 물정은 좀 안다네.   2120

여기 사랑에 넋이 나간 젊은이들이 앉아 있으니,

신분에 걸맞은 저녁 인사로,

---

2) 마녀의 무도장이 있는 산.

최고의 노래 한 곡 대접하겠네.

주목하게! 최신의 노래라네!

후렴은 모두가 힘차게 불러야 하네!   2125

(노래한다)

지하실 쥐구멍에 쥐가 한 마리

기름과 버터로만 살아왔다네.

볼록 튀어나온 올챙이배는

루터 박사를 그대로 닮았구나!

식모가 놓아둔 쥐약을 먹었다네.   2130

세상이 온통 답답해졌다네.

마치 상사병에 걸린 놈처럼.

합창 *(환성을 지르며)*

마치 상사병에 걸린 놈처럼.

브란더

쥐는 이리 뛰고 저리 뛰면서

시궁창마다 코를 박고 구정물을 마셨지.   2135

온 집안을 갉아대고 할퀴었지만,

괴로운 광란엔 아무 소용없었네.

두려워서 펄쩍펄쩍 뛰기도 하며,

불쌍한 쥐는 별별 짓을 다했다네.

마치 상사병에 걸린 놈처럼.   2140

합창

마치 상사병에 걸린 놈처럼.

브란더

쥐는 밝은 대낮이 두려워,

부엌 안으로 뛰어들었네.

부뚜막 옆에 쓰러져 경련을 일으키며,

비참하게 숨을 할딱거렸네.   2145

쥐약 논 식모가 웃으며 말했네.

하! 이 녀석의 숨도 마지막이네.

마치 상사병에 걸린 놈처럼.

합창

마치 상사병에 걸린 놈처럼.

지벨

천박한 사내들 즐거워하는 꼴이라니!   2150

불쌍한 쥐들에게 약이나 뿌리는 게,

네놈들에겐 진짜 예술이구나!

브란더

쥐들을 꽤나 귀여워하시는군.

알트마이어

저 벗겨진 대머리 뚱보 녀석!

불행이 저놈을 끽소리 못하게 만들었구나.   2155

통통 부어오른 쥐를 보고,

자신과 닮았다고 생각한 모양이지.

(파우스트와 메피스토펠레스 등장한다.)

메피스토펠레스

이제 당신을 무엇보다 먼저

유쾌한 젊은이들에게로 데려가겠습니다.

저들이 얼마나 쉽게 살아가는지 볼 수 있게.　　　　　2160

이들에겐 매일 매일이 잔칫날이지요.

지혜는 없으나 아주 즐겁게,

자신의 꼬리를 물고 도는 고양이처럼,

모두가 좁은 원을 그리며 춤을 추지요.

두통으로 괴롭지만 않고,　　　　　2165

술집 주인이 외상술만 계속 준다면,

걱정 없이 유쾌하게 살아가지요.

브란더

저 친구들 여행 중인 모양이지.

괴상한 차림새로 알 수 있거든.

도착한지 한 시간도 채 안된 것 같군.　　　　　2170

프로슈

그래, 자네 말이 옳아! 라이프치히는 멋진 곳이지!

작은 파리라고 할 만해. 사람들도 세련되고.

지벨

저 친구들은 뭐하는 작자들 같은가?

프로슈

내게 맡겨주게! 술 한 잔 가득 먹여놓고,

어린애 입에서 이빨 뽑듯이,   2175

녀석들의 정체를 알아내겠네.

거만하고 불만스런 표정을 보니,

제법 귀족 티가 나는데 그래.

브란더

협잡꾼들임에 틀림없어. 내기를 걸겠네.

알트마이어

그럴지도 몰라.

프로슈

가만있어. 내가 손 좀 봐줄 테니까!   2180

메피스토펠레스 *(파우스트에게)*

이 녀석들 도대체 악마를 몰라보는군요.

하기야 악마에게 목덜미를 잡혀도 모르겠지요.

파우스트

안녕하십니까, 여러분!

지벨

안녕하시오. *(메피스토펠레스를 옆에서 바라보며 나지막하게)*

저 녀석은 왼쪽 다리를 절고 있잖아?

메피스토펠레스

여러분과 합석해도 되겠습니까?   2185

맛좋은 술은 없는 것 같으나,

함께 어울려 즐겁게 지내봅시다.

알트마이어

당신들 꽤 사치스런 분들이군요.

프로슈

당신들은 아주 늦게 리파흐[1]를 떠나 온 것 같은데,

그곳에서 한스 씨와 저녁식사를 즐겼는지요?   2190

메피스토펠레스

오늘은 그 친굴 그냥 지나쳐 왔소!

지난번에 그와 만났을 때,

사촌들 이야길 많이 합디다.

여러분들 만나거든 꼭 안부를 전해 달라더군요.

(프로슈를 향해 허리를 굽힌다.)

알트마이어 *(나지막하게)*

한 방 먹었구나! 제법인데!

지벨

능청스런 작자야!   2195

프로슈

어디 두고 봐, 내가 이 작잘 혼내 줄 테니!

메피스토펠레스

---

1) 리파흐 Rippach 의 한스. 리파흐는 라이프치히 근교의 마을 이름으로 라이프치히 사람들은 우둔한 시골사람을 〈리파흐의 한스〉라고 불렀다.

내가 잘못 듣지 않았다면,

멋진 음성으로 합창을 하지 않았습니까?

여기선 노랫소리가

둥근 천장 위로 아주 멋지게 울리겠군요!   2200

프로슈

당신은 명가수 같군요.

메피스토펠레스

오 아닙니다! 재주는 없지만, 흥(興)만은 대단하지요.

알트마이어

한 곡 불러보시오!

메피스토펠레스

원하신다면 얼마든지.

지벨

단 최신 곡이어야 합니다.

메피스토펠레스

우린 지금 스페인에서 돌아오는 길입니다.   2205

술과 노래가 아름다운 나라지요. *(노래 부른다.)*

옛날 옛적 임금님 한분이,

커다란 벼룩을 한 마리 길렀다네.

프로슈

들어봐! 벼룩이래. 잘 알아들었냐?

거참 깨끗한 손님이군.   2210

메피스토펠레스 *(노래 부른다.)*

옛날 옛적 임금님 한 분이,

커다란 벼룩을 한 마리 길렀다네.

마치 자신의 친아들처럼,

무척이나 사랑을 했더라네.

임금님이 그의 재단사를 부르니,   2215

재단사 즉시 대령하였네.

자, 도련님의 옷을 재단하여라,

바지의 치수도 잘 재어라!

브란더

잊지 말고 재단사에게 일러두어라.

한 치도 틀림없이 재단을 하라.   2220

모가지가 붙어 있길 바란다면,

바지에 구김살도 없도록 하라!

메피스토펠레스

도련님은 빌로드에 비단으로,

너무나 멋지게 차려입었네.

윗옷에는 리본들로 장식을 하고,   2225

그 위에는 멋진 십자가를 달았네.

그리고는 곧장 재상으로 임명되고,

별모양의 커다란 훈장까지 받았네.

그의 형제자매들은 모두가,

궁중에서 높은 신분이 되었네.　　　　　　　　　　　2230

궁중의 귀족과 귀부인들은,

무척이나 고통을 겪었고,

왕비와 시녀들도,

따끔따끔 물어 뜯겼네.

으깨어 죽이지도 못하고　　　　　　　　　　　　　2235

가렵다고 긁지도 못했네.

우리야 벼룩이 물기만 하면,

당장 으깨어 요절을 낼 텐데.

합창 *(환호하면서)*

우리야 벼룩이 물기만 하면,

당장 으깨어 요절을 낼 텐데.　　　　　　　　　　　2240

프로슈

브라보! 브라보! 정말 멋지다.

지벨

벼룩이란 모조리 그렇게 처치해야 돼.

브란더

손가락을 잘 겨냥해서 잽싸게 잡아야지!

알트마이어

자유 만세! 술 만세!

메피스토펠레스

이 술이 조금만 더 좋았다면,   2245

나도 자유를 위해 한 잔 들면서 건배를 했을 텐데.

지벨

그런 말 더 이상 듣고 싶지 않소!

메피스토펠레스

내가 귀하신 여러분들께,

우리 지하실의 최고급 주를 대접하고 싶소만,

술집 주인이 투덜댈까 걱정입니다.   2250

지벨

가져오기만 하시오! 책임은 내가 질 테니.

프로슈

좋은 술 한 잔만 마실 수 있다면, 그대들을 찬양해 드리리다.

하지만 감질나게 맛만 보여서는 안 됩니다.

술맛을 감정하려면,

한 입 가득 들이 부어야 하니까.   2255

알트마이어 *(나지막하게)*

내 느낌이 저 작자들 라인지방에서 온 것 같은데.

메피스토펠레스

송곳 하나 갖다 주시겠소?

브란더

그걸로 뭘 하시게?

설마 문밖에 술통을 갖다 놓았소?

알트마이어

저 뒤에 주인집 연장 바구니가 놓여 있소.

메피스토펠레스 *(송곳을 들고 프로슈에게)*

자 원하는 술을 말해보시오.   2260

프로슈

그게 무슨 소리요? 그렇게 많은 술이 있단 말이요?

메피스토펠레스

각자 원하는 대로 드리겠소.

알트마이어 *(프로슈에게)*

아이고! 이 친구 벌써 입맛이 동했군.

프로슈

좋소! 나보고 고르라면, 라인 포도주를 택하겠소.

우리 조국이 선사하는 최고의 선물이니까.   2265

메피스토펠레스 *(프로슈가 앉은 식탁의 가장자리에 구멍을 뚫는다)*

마개를 만들게 밀랍 좀 가져 오시오!

알트마이어

아하, 이건 요술인데.

메피스토펠레스 *(브란더에게)*

당신은?

브란더

난 샴페인이요.

거품이 잘 이는 것으로!

메피스토펠레스 *(구멍을 뚫는다. 그 동안 한 사람이 밀랍으로 마개를 만들어 구멍을 막는다)*

브란더

외국산이라고 늘 배척할 필요는 없지.　　　　　　　　　　　2270

좋은 것은 흔히 아주 먼 곳에 있으니.

진정한 독일인이라면 프랑스 작자들을 싫어하겠지만,

그들이 만든 포도주만은 즐겨 마시거든.

지벨 *(메피스토펠레스가 그의 좌석에 다가가자)*

솔직히 나는 신 것을 좋아하지 않아요.

달콤한 것으로 한 잔 주시오!　　　　　　　　　　　　　2275

메피스토펠레스 *(구멍을 뚫는다)*

당장 헝가리의 감미로운 토카이산 포도주가

흘러나올 것입니다.

알트마이어

아니 여보시오. 내 얼굴 좀 보고 말하시오!

당신은 그저 우리를 놀리려고 하는 것 같은데.

메피스토펠레스

원, 천만의 말씀. 여러분 점잖은 손님들을,

어찌 감히 놀린단 말입니까?　　　　　　　　　　　　　2280

자, 빨리! 말씀해 보시오!

어떤 포도주를 대령할까요?

알트마이어

아무거나 좋소! 질문은 그만 하시고.

(메피스토펠레스, 구멍을 모두 뚫고 마개로 막는다.)

메피스토펠레스 *(이상한 몸짓을 하며)*

> 포도는 포도나무에.
>
> 뿔은 염소에게.   2285
>
> 포도주는 액체, 덩굴은 나무.
>
> 나무탁자에서 포도주가 솟아오른다.
>
> 자연을 투시하는 심오한 눈!
>
> 여기 기적이 일어나니 믿을지어다.
>
> 자, 이제 마개를 뽑고 원하는 대로 들어 보시오!   2290

모두들 *(마개를 뽑으니 원하는 술이 각자의 술잔으로 흘러든다)*

> 오, 희한한 물이 솟아나오네!

메피스토펠레스

> 한 방울도 흘리지 않도록 조심하시오!

(모두들 계속해서 마신다.)

모두들 *(노래 부른다.)*

> 이거야 정말 축제처럼 신난다.
>
> 돼지가 오백 마리 모인 것 같구나!

메피스토펠레스

> 시민들은 이렇게 자유롭습니다. 보세요. 얼마나 즐거운가를!   2295

파우스트

> 이제 그만 떠나고 싶군.

메피스토펠레스

잠간만 주의해 보세요.

저들의 잔인성이 곧 들어날 테니.

지벨 *(조심하지 않고 마시다가 바닥에 술을 흘린다. 그러자 불길이 솟아오른다.)*

사람 살려! 불이야! 사람 살려! 지옥불이 탄다!

메피스토펠레스 *(불꽃을 향해 주문을 외운다.)*

진정하라, 자비로운 원소(元素)여!　　　　　　　　　　2300

(동석한 사람들에게)

이번 것은 한 방울의 연옥(煉獄) 불이었습니다.

지벨

이게 무슨 짓이요? 가만있어! 이 작자들 혼 좀 나야겠군!

아무래도 우릴 잘못 본 것 같아.

프로슈

두 번 다시 이런 짓을 하기만 해봐!

알트마이어

내 생각엔 이 작자들 조용히 돌려 보네는 게 좋겠는데.　　　2305

지벨

뭐라고? 이봐요, 감히 여기에서,

같잖은 마술이라도 부리겠다는 거요?

메피스토펠레스

닥쳐라, 이 낡아빠진 술통아!

지벨

아니 이 빗자루 같은 작자가!

우리와 한번 붙어보겠다는 거요?

브란더

기다려, 내 주먹맛을 보여줄 테니! 2310

알트마이어 *(식탁에서 마개 하나를 뽑자 불길이 솟아오른다.)*

불이야! 사람 살려!

지벨

마술이야!

저놈 잡아라! 저런 놈은 죽여도 돼!

(그들은 칼을 빼들고 메피스토펠레스에게 달려든다.)

메피스토펠레스 *(엄숙한 몸짓으로)*

거짓 형상과 말이여,

의미와 장소를 바꾸어라!

여기에도 있고, 저기에도 있으라. 2315

(모두가 놀란 표정으로 서로를 쳐다본다.)

알트마이어

여기가 어디지? 정말 아름다운 곳이구나!

프로슈

포도밭이다! 이게 진짠가?

지벨

포도송이가 바로 손에 잡히네!

브란더

여기 이 푸른 잎사귀 아래

줄기 좀 봐! 포도송이 좀 봐!

(그는 지벨의 코를 잡는다. 다른 사람도 각각 상대방의 코를 잡고 칼을 쳐든다.)

메피스토펠레스 *(전과 같은 모습으로)*

　미혹이여, 눈가리개를 풀어 주어라!　　　　　　　　　　2320

　그리고 너희들, 악마의 장난이 어떤 건지 기억해 둬라.

(파우스트와 함께 사라진다. 각자 상대의 코를 놓고 떨어진다.)

지벨

　어떻게 된 거야?

알트마이어

　알 수 없군.

프로슈

　이게 자네 코였나?

브란더 *(지벨에게)*

　내가 잡고 있는 건 자네 코였군!

알트마이어

　한 방 먹었어. 사지가 후들거리는데.

　의자 좀 주게. 쓰러질 것 같아!　　　　　　　　　　　2325

프로슈

　말 좀 해보게. 도대체 어떻게 된 거야?

지벨

　이 작자 어디 갔지? 잡기만 해봐라.

　절대로 살려 두지 않겠다!

알트마이어

난 그 작자가 술집 밖으로 나가는 걸 봤어.

술통을 타고 가더군.   2330

내 다리는 납덩이처럼 무겁다. *(식탁 쪽으로 몸을 돌리며)*

참! 아직도 술이 솟아나오나?

지벨

전부 사기였네. 거짓과 환상이었어.

프로슈

난 정말 술을 마신 기분인데.

브란더

그런데 그 포도송이는 어떻게 된 거지?   2335

알트마이어

이래도 기적을 믿어선 안된다고 누가 말할 수 있을까!

마녀의 부엌

낮은 아궁이에 불꽃이 피어오르고 그 위에 커다란 솥이 걸려있다.
허공으로 퍼지는 하얀 김 속에서 여러 형상들이 나타난다. 꼬리 긴 암원
숭이 한 마리가 가마솥 옆에 앉아 거품을 걷어내며 넘치지 않도록 지키
고 있다. 수원숭이는 새끼들과 함께 그 옆에 앉아 불을 쬐고 있다. 벽들
과 천장은 마녀의 기이한 살림도구들로 장식되어 있다.

(파우스트와 메피스토펠레스)

파우스트

미친 마술이 나에겐 불쾌감을 일으킨다.

이 혼란스러운 미치광이 행위들이

나를 치유할 수 있다고 장담할 수 있는가?

내가 어느 노파의 조언을 들어야 한다고? 2340

그리고 이 지저분한 국물이

내 몸을 삼십 년이나 젊게 해준다고?

자네가 더 나은 방법을 모른다니 슬픈 일이다!

내게서 이미 희망은 사라졌다.

자연도, 고귀한 정령도 2345

그 어떤 영약을 찾아내지 못했단 말인가?

메피스토펠레스

이봐요, 또 다시 잘난 소리를 늘어놓는구려!

당신을 젊게 만드는 데는 자연요법도 있습니다.

하지만 그건 다른 책에 적혀 있고,

내용도 대단히 기이합니다. 2350

파우스트

나는 그걸 알고 싶네.

메피스토펠레스

좋습니다. 그것은 돈도

의사도 마술도 필요 없는 요법입니다.

지금 당장 들판으로 나가 나무를 자르고 땅 파는 일을 시작하세요.

당신의 몸과 마음을   2355

아주 제한된 범위 속에 보존하시고,

자연식으로 영양을 취하십시오.

가축과 더불어 살며, 당신이 추수한 밭에

몸소 거름 주는 일을 꺼리지 마십시오.

그거야말로 가장 믿을 만한 방법이니   2360

팔십에도 젊음을 유지할 수 있을 겁니다!

파우스트

그런 일에는 익숙지도 않고, 삽을

손에 드는 것은 쉬운 일도 아니네.

그런 답답한 생활은 내게 어울리지 않네.

메피스토펠레스

그렇다면 마녀의 신세를 질 수밖에 없습니다.   2365

파우스트

왜 하필이면 늙은 할망구란 말인가!

자네가 그 약을 조제할 순 없나?

메피스토펠레스

그거야말로 정말 시간 낭비입니다!

그럴 여유가 있으면 다리를 천개라도 놓겠소.

영약을 만드는 데는 기술과 학문 외에도   2370

인내심이 필요합니다.

또 침착한 정령이 몇 해고 이 일에 매달려야 합니다.

오직 시간만이 양질의 발효를 강화시켜 줍니다.

이 작업에 쓰이는 모든 것이

대단히 기이한 물건들입니다!   2375

악마가 가르쳐주긴 했지만

악마 혼자서는 조제할 수가 없습니다.

(원숭이들을 바라보며)

보세요, 얼마나 귀여운 녀석들인지!

이쪽은 하녀고, 저쪽은 하인입니다.

(원숭이들에게)

할멈은 집에 없느냐?   2380

원숭이들

> 굴뚝 밖으로
>
> 집을 빠져나가
>
> 잔칫집에 갔죠!

메피스토펠레스

얼마나 쏘다니다가 오느냐?

원숭이들

우리가 앞발을 불에 쬐고 있는 동안입니다.   2385

메피스토펠레스 *(파우스트에게)*

저 귀여운 짐승들은 어떤가요?

파우스트

저렇게 흉측한 놈들은 처음 본다!

메피스토펠레스

아닙니다. 이런 식의 대화는

내가 가장 즐겨하는 방식입니다.

(원숭이들에게) 대단한 녀석들아, 내게 말해보아라.　　　　　2390

너희들이 지금 휘젓고 있는 것은 무엇이냐?

원숭이들

거지들에게 줄 멀건 죽을 쓰고 있답니다.

메피스토펠레스

그렇다면 많은 손님들이 오겠구나.

수원숭이 *(옆으로 다가와서 메피스토펠레스에게 아침을 떤다.)*

오 빨리 주사위를 던져서

나를 부자로 만들고　　　　　2395

이기게 해 주세요!

내 형편이 정말 나쁩니다.

나도 돈만 있다면

정신을 차릴 텐데.

메피스토펠레스

원숭이도 복권에 당선될 수만 있다면,　　　　　2400

얼마나 행복해할까?

(그 동안 새끼 원숭이들이 큰 공을 가지고 놀다가 그걸 굴리며 다가온다)

수원숭이

이것은 세계다.

올라갔다 내려갔다,

끊임없이 굴러간다.

유리잔처럼 흔들리다가   2405

쉽게 곧장 깨지기도 한다!

속은 텅 비어있다.

이쪽에서 반짝이면,

저쪽에선 더욱 반짝,

나는 살아있다!   2410

사랑하는 내 아들아,

저만치 비켜서라!

자칫하면 죽게 된다.

이 공은 진흙으로 구웠으니,

깨지면 산산조각이다.   2415

메피스토펠레스

저 체¹⁾는 무엇에 쓰는 거냐?

수원숭이 *(체를 집어 내리며)*

당신이 도둑이라면,

이걸로 당장 알아내지요.

(암원숭이에게 달려가 체를 들여다보게 한다.)

---

1) 마법에 쓰는 도구 중의 하나. 범행현장에서 이것을 통해 보면 도둑을 잡을 수 있다는 미신이 있다.

체를 통해 살펴보아라!

도둑놈2)이 누군지 알겠는데,   2420

이름을 밝혀서는 안된다고?

메피스토펠레스 *(불쪽으로 다가서며)*

그럼 이 냄비는?

수원숭이와 암원숭이

어리석은 바보군요!

냄비도 모르고,

가마솥도 모르신다니!   2425

메피스토펠레스

버르장머리 없는 놈!

수원숭이

여기 총채를 들고,

이 안락의자에 앉으시기 바랍니다!

(메피스토펠레스를 억지로 앉힌다)

파우스트 *(그 동안 거울 앞에 서서 앞으로 다가섰다, 뒤로 물러섰다 하면서)*

저것이 무엇인가? 웬 하늘의 선녀가

마술의 거울 속에 나타난단 말인가!   2430

오 사랑의 여신이여, 그대의 가장 빠른 날개로,

그녀가 있는 곳으로 나를 데려가 다오!

---

2) 파우스트의 영혼을 도둑질하려는 메피스토펠레스를 빗대어 표현한 말.

아! 내가 이 자리에 머무르지 않고,

가까이 가려고 노력을 하면,

저 모습은 안개 속인 양 아련하구나!   2435

아름다운 여인의 모습!

여인이란 저토록 아름다울까?

늘씬하게 쭉 뻗고 누운 몸에서,

하늘의 온갖 진수(眞髓)를 보게 되는구나.

저런 모습이 지상에서도 가능할까?   2440

메피스토펠레스

신이 6일을 고생하고,

마지막에 스스로 훌륭하다고 말할 정도였으니,

틀림없이 근사한 무엇이 생겼겠지요.

이번엔 눈요기나 실컷 해두시기 바랍니다.

나도 당신에게 저런 귀여운 여인을 찾아 드리겠습니다.   2445

신랑이 되어 그녀를 집으로 데려간다면,

복 터지는 일이지요!

(파우스트는 계속 거울을 드려다 본다. 메피스토펠레스는 의자에 기대 앉아 총채로 장난을

치며 말을 계속한다.)

여기 나는 마치 옥좌에 앉아 있는 왕과 같고,

왕홀(王笏)도 있는데, 없는 건 왕관이로구나!

(지금껏 갖가지 기이한 동작을 보여주던 짐승들, 큰소리를 지르며 메피스토펠레스에게

왕관을 갖다 준다.)

짐승들

> 오, 바라옵건대   2450
>
> 땀과 피[3]로서
>
> 이 왕관을 붙이소서!

(그들은 왕관을 서투르게 다루다가 두 조각을 낸다. 그것을 들고 이리저리 뛰어다닌다.)

> 이제 끝장이 났구나!
>
> 우리는 말하고, 보고,
>
> 듣고, 시도 짓는다.   2455

파우스트 *(거울을 보고)*

괴롭구나! 어찌해야 좋단 말이냐.

메피스토펠레스 *(짐승을 가리키며)*

이제 내 머리도 어지러워지기 시작하는데.

짐승들

> 우리에게 운이 따르고,
>
> 일이 잘 진행되면,
>
> 바로 사상(思想)이 생기지요!   2460

파우스트 *(전과 같은 동작을 취하며)*

내 가슴이 불붙기 시작한다!

빨리 이곳을 떠나세!

---

3) 백성의 땀과 피로 왕위를 보존한다는 뜻. 메피스토펠레스는 짐승들의 청으로 깨진 왕관을 붙여서 내주지만 가지고 놀다가 다시 깨진다. 깨어진 왕관은 프랑스 혁명을 암시.

메피스토펠레스 *(전과 같이 앉아서)*

　적어도 이놈들이 정직한 시인[4]이란 것을

　인정하지 않을 수 없군.

(암원숭이가 주의를 게을리 했던 가마솥이 넘치기 시작한다. 커다란 불꽃이 일어나 굴뚝으로

몰려간다. 마녀가 무서운 고함을 지르며 불꽃을 헤치고 내려온다.)

마녀

　아우! 아우! 아우! 아우!　　　　　　　　　　　　2465

　이 빌어먹을 짐승! 저주받을 돼지 년아!

　가마솥을 잘 지키지 못하고 안주인을 그을려놓다니!

　망할 놈의 짐승 같으니라고!

(파우스트와 메피스토펠레스를 바라보며)

　이것들은 또 뭐야?

　네놈들은 누구냐?　　　　　　　　　　　　　　2470

　여기서 뭘 하고 있느냐?

　어느 놈이 몰래 기어들어왔지?

　뼛속까지 고통을 맛보도록

　불벼락을 내려주마!

(거품 걷는 국자를 솥 속에 넣었다가 불꽃을 파우스트, 메피스토펠레스 그리고 짐승들에게

뿌린다. 짐승들이 신음한다.)

메피스토펠레스 *(손에 든 총채를 거꾸로 쥐고 유리그릇과 냄비들을 두드리면서)*

---

4) 시인이란 원숭이처럼 정직하게 고백하지 못하는 것들이니 그런 점에서 시인이다라고 함.

두 동강 나라! 두 동강 나라!   2475

저기 있는 죽 냄비!

여기 있는 유리그릇!

이것은 그저 장난일 뿐,

네 노래에 맞춰주는

장단이다, 이 망할 년아.   2480

(마녀가 분노와 놀람으로 가득 차 뒤로 물러난다.)

날 알아보겠냐? 이 해골바가지야! 이 괴물아!

주인이며 스승인 나를 몰라본단 말이냐?

날 방해하는 놈은 혼 벼락을 내주겠다.

네년과 저 원숭이 도깨비를 박살 내버리겠다!

이 붉은 재킷5)을 더 이상 존중하지 않는단 말이지?   2485

이 수탉 깃털도 알아볼 수 없단 말이냐?

내가 얼굴을 가리기라도 했단 말이냐?

내 이름을 대야 알겠느냐?

마녀

아이고, 주인님, 인사가 거칠어서 죄송합니다.

주인님의 말굽을 볼 수 없었습니다.   2490

까마귀 두 마리는 어디에 두셨습니까?

메피스토펠레스

---

5) 붉은 재킷과 수탉 깃털은 메피스토펠레스가 자신의 복장에 즐겨 착용하는 장식품.

이번에는 이 정도로 해 두겠다.

그 동안 우리가 서로 못 본지도

꽤 긴 세월이 흘렀으니 말이다.

온 세상을 훑고 다니는 문화라는 것이 2495

악마에게도 손을 뻗치고 있다.

이제 북방의 유령은 더 이상 볼 수가 없다.

뿔, 꼬리, 발톱들이 보이기나 하더냐?

말굽만 해도, 내게 없어서는 안되지만,

사람들 눈에 띄면 해롭단 말이다. 2500

그래서 나도 젊은 놈들처럼,

몇 년 전부터 가짜 종아리[6]를 달고 다닌다.

마녀 *(춤을 추면서)*

귀하신 사탄님을 여기서 다시 뵙다니,

분별력을 잃고 넋이 나갈 지경입니다!

메피스토펠레스

이 할망구야, 그런 이름은 마음에 들지 않는다! 2505

마녀

왜 그러십니까? 그 이름이 어째서요?

메피스토펠레스

그 이름은 벌써 오랫동안 이야기책에 적혀 있었다.

---

6) 악마의 다리는 가늘어서 가짜 종아리로 인간답게 보이려고.

하지만 인간들은 그로 인해 나아진 게 없어.

그 악마에게선 벗어났지만, 다른 악마들이 남아 있었지.

날 남작이라고 불러라. 그래야 일이 잘될 거다.   2510

나도 다른 기사들처럼 타고난 기사거든.

내 고귀한 혈통을 의심하지는 않겠지.

이걸 보아라, 내가 지니고 있는 문장(紋章)이다!

(그는 음탕한 몸짓을 해 보인다.)

마녀 *(간드러지게 웃는다.)*

호! 호! 호! 당신다운 버릇이군요!

주인님은 언제 봐도 장난꾸러기예요!   2515

메피스토펠레스 *(파우스트에게)*

이봐요, 잘 좀 배워두시오.

이게 마녀 다루는 요령이니까.

마녀

자, 그럼, 두 분께서 무슨 일로 오셨는지 말씀해 보시죠.

메피스토펠레스

그 유명한 약을 한 잔 가득 주게나.

하지만 가장 오래된 것으로.   2520

해묵은 것일수록 효력이 배가할 테니까.

마녀

기꺼이 드리지요! 여기 한 병 있습니다.

저도 이따금 맛을 보곤 하는데,

나쁜 냄새는 전혀 없습니다.

이걸로 한 잔 드리지요. 2525

(나지막하게)

하지만 저 사람은 준비 없이 그냥 마셨다간,

아시다시피 한 시간도 살지 못할 텐데요.

메피스토펠레스

그는 좋은 친구니 꼭 효력이 있어야 한다.

너의 부엌에서 가장 좋은 것으로 대접하고 싶다.

마법의 동그라미를 그려놓고 주문을 외어다오. 2530

그리고 저 친구에게 한 잔 가득 올리도록 해!

(마녀가 이상한 몸짓으로 동그라미를 그리고는 그 안에 기이한 물건들을 세워놓는다. 그러는 사이 유리그릇과 솥이 소리를 내며 울리기 시작해서 음악으로 바뀐다. 마지막으로 마녀는 커다란 책을 가져오고, 원숭이들을 동그라미 안으로 들어오게 한 다음, 그들을 책상으로 이용하거나 횃불을 들고 있게 한다. 파우스트에게는 자기 옆으로 오라고 손짓한다.)

파우스트 *(메피스토펠레스에게)*

아니 이보게, 무얼 하자는 건가?

이 엉뚱한 물건들, 이 미치광이 몸짓.

저 졸렬하기 짝이 없는 속임수.

이따위는 나도 안다. 정말 혐오스런 것들이다. 2535

메피스토펠레스

에이 그저 웃자고 하는 장난입니다.

너무 심각하게 생각하지 말아요!

저 할망구가 의사로서 주문을 외어야,

약효가 제대로 나옵니다.

(파우스트를 억지로 동그라미 안에 밀어 넣는다.)

마녀 *(강한 어조로 책을 낭독하기 시작한다.)*

너는 알아야 한다! 2540

하나에서 열을 만들고,

둘을 사라지게 하고,

곧 셋을 만들어라.

그러면 너는 부자가 되리라.

넷은 잊어버려라! 2545

다섯과 여섯으로부터,

마녀는 말한다,

일곱과 여덟을 만들어라.

그러면 완성되리라.

아홉은 곧 하나요, 2550

열은 곧 영이니라.

이것이 마녀의 구구법이다.

파우스트

저 망구가 열에 들떠 헛소릴 하는 것 같군.

메피스토펠레스

저것이 끝나려면 아직 멀었습니다.

내가 알기로, 저 책엔 온통 저런 소리뿐이지요. 2555

나도 저것 때문에 시간을 많이 허비했습니다.

왜냐면 완전한 모순이란 현자나 바보에게,

똑같이 신비로우니까요.

그리고 학문이란 낡고도 새로운 것입니다.

어느 시대나 마찬가지여서,   2560

셋이 하나요,[7] 하나가 셋이라 하며,

진리 대신 오류를 퍼뜨리는 것이지요.

이렇게 지껄이며 멋대로 가르치는데,

어느 누가 그런 바보와 상종을 할까요?

흔히 인간들은 무슨 말을 들으면,   2565

그 속에 무언가 생각할 게 있다고 믿지요.

마녀 *(계속 읽는다.)*

> 지고한 힘은
>
> 학문에도,
>
> 세상에도 숨어 있다!
>
> 그러나 사색하지 않는 자[8]에게만,   2570
>
> 그것은 선사되리라.
>
> 그는 걱정 없이 그 힘을 지니게 되리라.

파우스트

---

7) 가톨릭교회의 성부 성자 성신의 삼위일체설을 풍자하는 말.

8) 젊어지는 영약은 과학적 사고의 산물이 아니라, 사고하지 않는 자에게만 우연하게 주어진다는 말.

저 망구가 무슨 헛소리를 지껄이는 거야?

머리가 당장 터질 것만 같아.

마치 수만 명의 바보들이 모여,   2575

합창을 하는 것 같구먼.

메피스토펠레스

됐어, 됐어. 오 훌륭한 마녀여!

너의 물약을 이리 가져와서,

가장자리가 넘치도록 잔을 채워라.

내 친구에게 이 약은 해롭지 않을 것이다.   2580

그는 경력이 대단한 사람이라,

여러 가지 좋은 약을 다 마셔보았겠지만.

(마녀가 여러 가지 의식을 곁들이면서 약을 잔에 따른다. 파우스트가 그 잔을 입에 대자,

가벼운 불꽃이 일어난다.)

메피스토펠레스

자, 계속해서 단숨에 주욱 마시세요!

곧 마음이 상쾌해질 것입니다.

악마와 너나하는 사인데,   2585

이 정도 불꽃을 두려워한단 말입니까?

(마녀가 동그라미를 풀어준다. 파우스트가 밖으로 나온다.)

메피스토펠레스

자, 새로운 기분으로 걸어 나오시오. 쉬면 안 됩니다.

마녀

좋은 약효가 나타나길 바랍니다.

메피스토펠레스 *(마녀에게)*

네가 원하는 것은 무엇이던 다 들어 줄 테니,

발푸르기스의 밤⁹⁾에 말하도록 하라.   2590

마녀

여기 노래도 한 곡 있습니다! 가끔 부르시면,

각별한 효험을 보실 겁니다.

메피스토펠레스 *(파우스트에게)*

자, 빨리 갑시다. 내가 안내하리다.

약을 마셨으면 반드시 땀을 빼야 합니다.

그래야 약효가 안팎으로 스며듭니다.   2595

그런 다음 무위(無爲)의 귀중함을 가르쳐드리지요.

사랑의 신 큐피드가 이리저리 움직이며 뛰놀 듯,

마음속이 즐거워짐을 느낄 것입니다.

파우스트

잠깐만 거울을 다시 보게 해다오!

여인의 모습이 너무나 아름다웠다!   2600

메피스토펠레스

아니! 안됩니다! 당신은 곧 모든 여인들의

전형을 눈앞에 생생하게 볼 것입니다.

---

9) 4월 30일부터 5월 1일 사이의 밤. 이날 밤에 악마가 브로켄 산에서 마녀들을 만난다고 함.

(나지막하게) 이제 약 기운이 온 몸에 퍼지게 되면,

여자가 모두 헬레나¹⁾로 보일걸.

거리

(파우스트. 마르가레테 옆을 지나가며.)

파우스트

예쁜 아가씨, 제 팔을 빌려 아가씰   2605

댁까지 모셔다 드려도 될까요?

마르가레테

전 아가씨도 아니고, 예쁘지도 않아요.

데려다 주지 않아도 집에 갈 수 있답니다. *(뿌리치고 가버린다.)*

파우스트

정말, 예쁜 소녀다!

저런 소녀는 처음 본다.   2610

예의 바르고 정숙한데다,

약간 새침하기도 하다.

붉은 입술, 해맑은 뺨,

---

1) 동서고금을 통해 가장 아름답다는 미녀로 그리스 신화에 나오는 여인. 제우스의 딸로, 스파르타 왕
메넬라우스의 왕비. 트로이 왕자 파리스의 유혹에 넘어가 함께 트로이로 도주하는 바람에 그리스
와 트로이 사이에 전쟁이 벌어지게 만든다.

저 아름다움은 결코 잊지 못하겠구나!

두 눈 살며시 내리감은 모습,   2615

내 가슴 깊이 아로새겨진다.

살짝 뿌리치는 그 모습,

정말 매혹적이구나!

(메피스토펠레스 등장한다.)

파우스트

이보게, 저 소녀를 내 손에 넣게 해주게!

메피스토펠레스

어떤 소녀 말인가요?

파우스트

방금 여길 지나간 소녀 말일세.   2620

메피스토펠레스

저 애요? 그 애는 방금 신부에게서

모든 죄를 용서받고 돌아가는 길입니다.

내가 고해석 옆을 지나다 엿들었습니다.

아무런 죄도 없이 고해하려간,

정말 순진한 아이였습니다.   2625

저런 애한테는 나도 힘을 쓸 수가 없답니다.

파우스트

그래도 열네 살²⁾은 넘었겠지?

메피스토펠레스

이제는 아주 난봉꾼 한스처럼 말하는군요.

아름다운 꽃은 모두 제 것으로 만들고,

명예니 호의니 하는 것도,   2630

꺾지 못할 것이 어디 있느냐고 생각하지요.

그렇지만 늘 그렇게 될 수는 없습니다.

파우스트

친애하는 도덕군자 양반,

도덕 따위로 날 괴롭히지 말게!

그리고 한마디로 잘라 말해 두겠네.   2635

만약 저 귀엽고 매혹적인 애를,

오늘밤 내 팔에 안을 수 없다면,

당장 오늘밤 자네와 헤어지겠네.

메피스토펠레스

생각해 보세요! 되는 일도 있고, 안되는 일도 있답니다!

기회를 엿보는 데만도,   2640

두 주일은 족히 걸릴 겁니다.

파우스트

나에게 일곱 시간의 여유만 있어도,

---

2) 열네 살 이하의 소녀와 결혼이나 성교는 당시 법으로 금지되어 있었다.

저런 계집애 하나 꾀어내는데,

악마의 도움까지 빌릴 필요가 없단 말일세.

메피스토펠레스

벌써 프랑스인처럼 떠벌리는군요.   2645

제발 역정은 내지 마십시오.

곧바로 손에 넣는 게 뭐 그리 좋은 일이겠어요?

정말 큰 즐거움을 맛보려면,

우선 요리저리 주물럭거리며,

온갖 장난을 친 다음에,   2650

인형 같은 아이로 빚어서 마무리하는 것이지요.

수많은 남국의 이야기들이 가르쳐주고 있습니다.

파우스트

그런 짓 안 해도 식욕은 왕성하다네.

메피스토펠레스

이제 험담과 농담은 그만 둡시다.

말씀드리지만, 저 귀여운 아이는,   2655

절대로 손쉽게 되지는 않습니다.

거칠게 덤볐다간 아무것도 얻어낼 수 없어요.

우선 계책을 꾸며야 합니다.

파우스트

저 귀여운 천사의 소유물이면 무엇이던 가져다주게!

나를 그녀의 안식처로 데려다주게!   2660

가슴 위로 흘러내린 스카프든가 아니면 양말이라도,

사랑의 즐거움을 누리도록 말일세.

메피스토펠레스

내가 당신의 고통을 덜어주고,

도움이 되고 싶다는 것을 보여주기 위해,

잠시도 지체하지 않고 당신을,   2665

오늘 당장 그녀의 방으로 안내하겠소.

파우스트

그럼 그 애를 보게 될까? 그 앨 차지하게 될까?

메피스토펠레스

안 됩니다. 그 애는 이웃 여자의 집에 있을 것입니다.

그 동안 당신은 혼자 그녀의 방에서,

미래의 즐거움을 꿈꾸며,   2670

그녀의 그윽한 체취를 만끽하시기 바랍니다.

파우스트

지금 갈 수 있을까?

메피스토펠레스

지금은 너무 빨라요.

파우스트

그럼 그 애에게 줄 선물을 하나 준비해 주게. (퇴장한다.)

메피스토펠레스

다짜고짜 선물이라? 멋지군. 잘될 것 같은데!

나는 좋은 장소도 많이 알고,   2675

옛날에 묻어둔 보물도 많이 알고 있지.

좀 살펴봐야겠는데. *(퇴장한다.)*

저녁

(작고 정갈한 방.)

마르가레테 *(땋아 내린 머리를 묶어 올리며.)*

오늘 그분은 누구였을까?

누구인지 알았다면, 무엇이든 드리련만!

늠름한 자태는 정말,   2680

고귀한 가문의 출신 같았어.

그런 건 얼굴만 봐도 알 수 있거든 –

그렇지 않고서야 그리 대담할 리가 없지. *(퇴장한다.)*

(메피스토펠레스와 파우스트 등장.)

메피스토펠레스

들어와요, 아주 조용히!

파우스트 *(잠시 침묵하고 있다가.)*

날 혼자 있게 좀 해줄 수 있겠나!   2685

메피스토펠레스 *(주위를 살피면서.)*

소녀들의 방이 다 이렇게 정갈하진 않지요. *(퇴장한다.)*

파우스트 *(주위를 둘러보며.)*

반갑구나, 감미로운 저녁놀이여,

이 성스러운 방을 두루 비춰주는구나!

희망의 이슬을 마시며 간신히 살아가는,

달콤한 사랑의 아픔이여, 내 마음을 붙잡아다오!　　　　　2690

사방에 깃든 이 고요함,

이 질서와 만족감!

가난 속에 가득한 이 충만감!

작은 방안에 깃든 축복이여!

(침대 옆 가죽의자에 앉는다.)

나를 받아다오, 기쁠 때나 슬플 때나,　　　　　2695

두 팔 벌려 그녀의 조상들을 맞아주었을 의자여!

얼마나 자주 이 주변에,

아이들의 무리가 에워싸곤 했을까!

내 사랑하는 소녀도 볼록한 뺨을 하고,

성탄절의 선물에 감사드리며,　　　　　2700

메마른 할아버지 손에 경건하게 입을 맞추었겠지.

오, 소녀여, 나는 느끼노라. 그대의 정신이,

성실하고도 질서 있게 내 주위에서 살랑거림을.

그 정신이 널 어머니답게 가르쳐,

이리도 깨끗하게 식탁보를 깔게 하고,　　　　　2705

바닥에 흰모래[1]를 물결무늬로 뿌리게 하였으리라.

오, 사랑스러운 손, 천사와 같은 손!

너로 인해 오두막도 천국이 되는구나.

그리고 여기! *(침실의 커튼을 들어 올린다.)*

날 사로잡는 환희의 전율이여!

종일 여기에 머무르고 싶구나.   2710

자연이여! 그대는 환상 속에서,

천사를 만들어 내었구나!

따뜻한 생명을 부드러운 가슴에 가득 채우고,

그 애는 여기에 누웠었겠지.

경건하고 순수한 힘이 작용하여,   2715

저토록 아름다운 자태를 만들었으리라!

그런데 너는! 무엇이 너를 이곳으로 이끌어왔느냐?

마음 깊이 우러나는 이 감동은 무엇이란 말인가!

여기서 너는 무엇을 원하는가? 가슴은 왜 이리 무거워지는가?

가련한 파우스트여! 더 이상 너를 알 수가 없구나.   2720

여기서 나를 둘러싸고 있는 것은 마법의 안개인가?

향락의 충동이 물밀 듯이 밀려와,

---

1) 마룻바닥에 흰모래를 깔아, 거기에다 아름다운 무늬를 그리는 습관이 있다.

사랑의 꿈속에 녹아드는 기분이다!

우리는 대기의 온갖 압력에 희롱당하는 노리개란 말인가?

그녀가 이 순간 돌아오기라도 한다면,   2725

너의 무례함을 어떻게 속죄할 것이냐!

대단한 바람둥이 한스가, 오 이렇게 소심해지다니!

어쩔 줄 모르고 그녀의 발치에 엎드리겠지.

메피스토펠레스

서둘러요! 그녀가 저 아래 오고 있어요.

파우스트

가자! 가! 다시는 돌아오지 않겠다!   2730

메피스토펠레스

여기 꽤 묵직한 상자가 있습니다.

내가 다른 곳에서 가져온 것입니다.

여기 장롱 속에 넣어두세요.

단언하건데 그녀의 마음을 사로잡을 겁니다.

작고 예쁜 귀한 물건들을 넣어두었습니다.   2735

다른 걸 얻기 위해서지요.

아이는 아이요, 놀이는 놀이니까요.

파우스트

이래야 되는 건지 모르겠군?

메피스토펠레스

웬 질문이 그렇게 많아요?

이 보석을 당신이 간직하고 싶으신가요?

그렇다면 이런 방탕한 일에,   2740

귀중한 시간 낭비하지 말고,

나를 더 이상 고생시키지 말기 바랍니다.

바라건데 너무 인색하지 마십시오!

나는 머리를 짜고 손을 비비면서 온갖 일을 다 하고 있는데 –

(그는 상자를 장롱 속에 넣고, 자물쇠를 다시 잠근다.)

나갑시다! 빨리!   2745

저 귀엽고 예쁜 애를

당신의 소망과 뜻에 따르게 해주려고 이러는 것입니다.

그런데 당신의 표정은,

마치 물리학과 형이상학이,

잿빛으로 서있는,   2750

강의실로 들어가는 꼴입니다.

자 떠납시다! *(퇴장)*

마르가레테 *(등불을 들고.)*

여긴 너무 덥고 답답하네! *(창문을 연다.)*

밖은 그렇게 덥지 않은데.

내 기분이 왜 이러는지 나도 모르겠네.   2755

어머님이라도 집에 계셨으면 좋으련만.

내 온몸이 오싹해진다.

나는 정말 바보같이 겁 많은 계집앤가 봐!

(옷을 벗으며, 노래하기 시작한다.)

옛날 옛적 툴레[2]에 왕이 한 분 살았는데

무덤에 드는 날까지 성실한 마음은 변함이 없었다네.　　　　2760

사랑하는 왕비가 죽으면서 그에게

황금 잔 하나를 남겨 주었다네.

왕은 이 잔을 너무나 아끼면서,

연회 때마다 술을 따라 마셨다네.

그때마다 두 눈엔 눈물이 고였고,　　　　2765

그렇게 왕비를 생각하며 잔을 비웠다네.

그는 임종이 가까웠을 때,

나라 안의 도시들을 헤아려 보시고,

모든 걸 그의 후계자에게 물려주었지만,

잔만은 물려주지 않았다네.　　　　2770

바닷가에 세워진 왕궁의,

조상의 얼이 깃든 넓은 방에서,

왕이 마지막 향연에 자리를 잡자,

주위에는 기사들이 빙 둘러 서 있었네.

---

2) Thule, 영국과 노르웨이 사이에 있다고 전해지는 섬나라.

그곳에서 늙은 왕은 자리에서 일어나,　　　　　　　　2775

마지막 삶의 열정을 마시고,

아끼던 잔을 저 아래

깊은 바다 속으로 던져 버렸다네.

왕은 잔이 떨어져서 바다 물에 잠겨

깊이 가라앉는 것을 보았네.　　　　　　　　　　　　2780

왕도 두 눈을 스르르 감으시고,

그 이후 한 방울도 술을 마시지 않았네.

(그녀는 옷을 정리하려고 장롱을 연다. 그리고 조그만 보석함을 발견한다.)

이런 예쁜 상자가 어떻게 여기에 들어와 있을까?

나는 틀림없이 장롱을 잠그고 나갔는데.

이상도해라! 무엇이 안에 들어 있을까?　　　　　　　2785

아마 누군가가 저당물로 가져와서,

어머니께 돈을 빌려 갔을 거야.

끈에 열쇠까지 매달려 있는데,

한번 열어봐도 괜찮겠지?

어머나! 이게 뭐지? 이것 좀 봐,　　　　　　　　　　2790

이런 건 생전 처음 보네!

보석들이야! 이것만 가지면 어떤 귀부인도,

축제일에 최상으로 치장하고 당당히 참석할 수 있겠지.

이 목걸이가 나한테도 어울릴까?

이 멋진 것이 도대체 누구의 것일까?   2795

(그녀는 그것으로 치장을 하고 거울 앞으로 간다.)

이 귀걸이만이라도 내 것이라면!

금세 딴 사람으로 보일 텐데.

젊고 예쁜 게 무슨 소용이람?

물론 좋고 아름답기는 하지만,

그게 다라고 생각하겠지.   2800

칭찬을 하면서도 반쯤은 동정을 하겠지.

모두가 돈을 향해 달려들고,

모든 게 돈에만 매달려 있으니,

아아, 우리 같은 가난뱅이만 불쌍하지!

산책

(파우스트가 생각에 잠겨 이리저리 거닐고 있다. 그에게 메피스토펠레스가 다가온다.)

메피스토펠레스

모든 실연당한 사랑에다 대고! 지옥의 불길에다 대고!   2805

아니, 좀 더 지독한 저주의 말은 없을까?

파우스트

무슨 일인가? 무엇이 자네를 그토록 화나게 했단 말인가?

내 평생 그런 얼굴은 본 적이 없네!

메피스토펠레스

　내 자신이 악마가 아니라면,

　당장 악마에게 몸을 팔아넘기고 싶은 심정입니다!　　　　　　2810

파우스트

　아니, 머릿속이 어떻게 된 것 아닌가?

　미쳐 날뛰는 꼴이 자네에겐 어울리긴 하네만!

메피스토펠레스

　생각 좀 해봐요. 그레첸을 위해 마련한 보석을,

　신부 놈이 낚아 채 가버렸단 말입니다! ─

　걔 어미가 그 물건을 보더니,　　　　　　　　　　　　　　2815

　금세 두려워하기 시작했습니다.

　그 여자는 뛰어난 후각을 가지고 있어서,

　늘 기도서에 코를 박고 살면서,

　모든 장식품의 냄새를 맡아보고,

　그 물건이 신성한 것인지 부정한 것인지를 알아낸답니다.　　　2820

　우리 보석을 보고도 거기에 축복이

　들어있지 않다는 것을 정확하게 알아차렸습니다.

　어미는 아이에게 말했습니다. 부정한 재물은,

　영혼을 사로잡고 피를 말리는 법이란다.

　우리 이 물건을 성모님께 바치자,　　　　　　　　　　　　2825

그러면 천상의 만나[1]로 우리를 기쁘게 해주실 것이다!

마르가레테는 입을 삐죽대며 생각했습니다.

어쩔 수 없지, 선물 받은 물건은 가져도 될 텐데.

이 우아한 물건들을 여기에다 갖다 놓은 분은,

정말이지, 하느님을 소홀히 하실 분은 아닐 거야라고.   2830

어미는 신부를 불렀지요.

그는 자초지종 이야기를 다 듣기도 전에,

물건을 보고 홀딱 반해버렸습니다.

그는 말했습니다. 잘 생각하셨습니다!

욕심을 이겨내는 사람이 승리하는 법입니다.   2835

교회는 튼튼한 위장을 가지고 있어서,

온 나라를 다 먹어치워도,

결코 배탈이 나는 법이 없습니다.

오직 교회만이, 사랑하는 부인들이여,

부정한 재물을 소화시킬 수 있습니다.   2840

파우스트

그거야 흔한 관습 아닌가,

유대인이나 국왕도 그런 짓을 하는데.

메피스토펠레스

---

1) Manna : 구약성서 출애굽기 16장에 이스라엘 백성들이 정착지에 도달하기 위해 사막을 방황하던 중 하느님 야훼께서 받았던 음식. 31절에 "이스라엘 사람들은 이것을 만나라고 불렀다. 그것은 고수씨 같이 희었고 맛은 벌꿀과자 같았다."

그는 팔찌며 목걸이며 반지들을,

마치 무가치한 물건들인 양 쓸어 넣고는,

호도를 한바구니 얻어가는 듯,   2845

인사말을 건성으로 때운 채,

하느님의 은혜만을 약속하더군요.

그런대도 여자들은 그것을 대단히 감격해 했습니다.

파우스트

그런대 그레첸은?

메피스토펠레스

안절부절 못하고 앉아서,

무엇이 하고 싶은지, 무엇을 해야 되는지 모른 채,   2850

밤이나 낮이나 패물과,

그것을 갖다 준 사람을 생각하고 있습니다.

파우스트

사랑스런 애가 고통을 겪다니 내 마음이 아프네.

자네 당장 새로운 장신구를 마련해 주게!

처음 것은 별로 대단한 것이 아니었어.   2855

메피스토펠레스

알겠습니다. 주인어른께는 모든 게 어린애 장난일 테니까요.

파우스트

자, 서두르게. 모든 걸 내 뜻대로 해야 하네!

그 애의 이웃집 여자를 이용해 보게!

이보게, 죽처럼 흐느적대지 말고,

새로운 보물을 마련해 오게!   2860

메피스토펠레스

예, 주인나리, 분부대로 하지요.

파우스트 *(퇴장한다.)*

메피스토펠레스

저렇게 사랑에 빠진 바보는,

사랑하는 여자를 즐겁게 해주는 일이라면,

해와 달 그리고 온갖 별까지 공중으로 쏘아 올리려 든단 말이야.

(퇴장한다.)

이웃 여인의 집

마르테 *(혼자서)*

하느님이시여 내 남편을 용서해 주소서,   2865

내게 잘한 건 아무것도 없지만!

무작정 세상에 뛰어나가서,

나를 이렇게 혼자 거적 데기 위에 내버려 두었답니다.

그렇지만 전 그를 슬프게 한 적도 없고,

하느님께서도 아시듯, 진정으로 그를 사랑했답니다. *(그녀가 운다.)*   2870

혹시 죽지나 않았을까? - 오, 가엾어라 -

사망확인서라도 있다면 좋으련만!

(마르가레테가 들어온다.)

마르가레테

마르테 아주머니!

마르테

그레첸, 웬일이냐?

마르가레테

하마터면 놀라서 주저앉을 뻔했어요!

흑단(黑檀) 나무로 만든 그 보석 상자가,　　　　　　2875

내 장롱 속에 또 들어 있었어요.

안에 든 물건들은 정말 호화롭고,

처음 것보다 훨씬 더 많아요.

마르테

이번엔 어머니한테 말씀드리지 마라.

그랬다간 당장 고해(告解)하러 갈 때 가져가실 테니까.　　　2880

마르가레테

아, 이걸 좀 보세요. 이것도요!

마르테 *(그녀를 치장해주며)*

오 너는 참 복도 많다!

마르가레테

하지만 속상해요. 이걸 달고는,

거리에도 교회에도 나갈 수 없으니.

마르테

우리 집에라도 자주 오너라.   2885

여기서 몰래 보석들로 치장한 다음,

한 시간쯤 거울 앞에서 이리저리 모습을 보며,

함께 기쁨을 나누자.

그러다가 기회가 오면, 축제일 같은 때에,

차츰차츰 사람들 눈에 띄도록 해보렴.   2890

처음엔 목걸이, 다음엔 진주를 귀에 다는 거야.

어머님도 눈치를 못 채실 거고, 또 무슨 핑계든 댈 수 있을 거야.

마르가레테

누가 상자를 두 개씩이나 가져왔을까요?

정말 정상적인 일은 아니라고요. *(노크 소리가 난다.)*

아이고! 어머니가 오셨나?   2895

마르테 *(커튼 사이로 내다보며)*

못 보던 분인데 – 들어오세요!

(메피스토펠레스가 등장한다.)

메피스토펠레스

이렇게 불쑥 찾아온 것을,

두 분 부인께서는 용서해 주시기 바랍니다.

(마르가레테에게 공손하게 인사를 하고 물러선다.)

마르테 슈베르틀라인 부인을 뵙고자 찾아왔습니다만!

마르테

전데요. 무슨 일이시죠?   2900

메피스토펠레스 *(그녀에게 나지막하게)*

이렇게 뵙게 되어 다행입니다.

귀한 손님이 와 계신데,

함부로 들어온 무례를 용서하십시오.

오후에 다시 오겠습니다.

마르테 *(큰소리로)*

들었니? 얘야, 원 세상에,   2905

이 신사분이 널 귀한 집 아가씨로 생각하시는구나.

마르가레테

전 가난한 집 아이랍니다.

신사분께선 너무 과분한 말씀을 하시는군요.

이 보석과 패물은 제 것이 아닙니다.

메피스토펠레스

아, 패물만 보고 드린 말씀이 아닙니다.   2910

인품이며 눈매가 아주 명민해 보이십니다.

내가 여기 있어도 된다면 정말 기쁘겠습니다.

마르테

그런데 무슨 일로 오셨는지요? 몹시 궁금합니다.

메피스토펠레스

기쁜 소식이라면 좋았으련만!

그렇다고 날 원망하지 마십시오.   2915

댁의 남편은 돌아가셨습니다. 소식을 전해 달라고 하더군요.

마르타

죽었다고요? 그 착한 사람이! 오 애석해라!

남편이 죽었다고! 아, 나는 어쩌라고!

마르가레테

아! 아주머니, 너무 낙담하지 마세요.

메피스토펠레스

대단히 슬픈 이야기입니다!   2920

마르가레테

전 평생 사랑 같은 건 하고 싶지 않아요.

그를 잃으면 너무 슬퍼질 테니까요.

메피스토펠레스

기쁨에는 슬픔이, 슬픔에는 기쁨이 따르는 법입니다.

마르테

마지막 이야기나 들려주세요!

메피스토펠레스

그는 파두아[1]에 묻혀 있습니다.   2925

성 안토니우스 묘지 옆,

정결한 장소에,

영원히 차가운 잠자리를 마련했지요.

---

1) Padua. 이탈리아 북부에 있는 도시.

마르테

그 밖에는 제게 가져온 게 없나요?

메피스토펠레스

있습니다. 아주 크고 어려운 부탁을 하더군요.   2930

자기를 위해 삼백 번만 미사를 드려 달라고 했습니다.

그리고는 아무것도 없었습니다.

마르테

뭐라고요? 장신구 하나, 패물 하나도 없었단 말입니까?

그런 건 직공들도 지갑 밑바닥에 넣어놓고,

기념품으로 간직하면서,   2935

굶거나 구걸을 할망정 내놓지 않는 법인데!

메피스토펠레스

부인, 정말 안됐습니다.

하지만 그 친구가 돈을 낭비한 것은 아닙니다.

그도 자신의 과오를 몹시 후회하고,

자신의 불운을 무엇보다 한탄했었죠.   2940

마르가레테

아! 인간이란 왜 이렇게도 불행한 것일까?

나라면 그를 위해 몇 번이고 미사를 올려드리겠어요.

메피스토펠레스

부인께선 곧 재혼해도 되겠군요.

정말 사랑스런 아가씨입니다.

마르가레테

   아, 아니에요. 아직 그럴 처지가 못 됩니다.   2945

메피스토펠레스

   남편이 아니라면, 우선 애인이라도 좋지 않습니까?

   사랑하는 사람을 얻는다는 건,

   하늘이 내려준 최고의 선물이지요.

마르가레테

   그건 이 고장 풍습에 맞지 않아요.

메피스토펠레스

   풍습이건 아니건! 있을 수 있는 일이지요.   2950

마르테

   이야기를 더 해주세요!

메피스토펠레스

   난 그 친구가 임종하는 자리에 있었는데,

   그곳은 쓰레기더미보다야 조금 낫겠지만,

   반쯤 썩어가는 짚더미 위였습니다. 하지만 기독교신자로 죽었습

   니다. 그는 아직 속죄할 것이 많다고 했습니다.

   이렇게 말하더군요. "내 자신이 정말 밉다.   2955

   일도, 아내도 버리고 가다니!

   아, 옛날을 생각하면 죽어도 마땅하다.

   내가 아직 살아 있는 동안 아내가 날 용서해 주었으면!"

마르테 (*울면서*)

착한 양반! 난 오래전에 이미 용서했는데.

메피스토펠레스

"그러나 하느님께서도 아시겠지만, 나보다 그녀의 죄가 더 컸어."   2960

마르테

거짓말이에요! 뭐라고! 죽어가면서도 거짓말을 하다니!

메피스토펠레스

나도 잘은 모르지만,

아마 마지막 순간 헛소리를 한 것이겠지요.

또 이런 말도 했습니다. "난 잠시도 한가로이 시간을 보내지 않았어.   2965

자식들이 생기자, 그들을 위해 빵을 벌어야 했지.

넓은 의미에서의 빵이지.

내 몫은 한 번도 편안히 먹어본 적이 없었어!"

마르테

그렇게 온갖 정성에, 온갖 사랑을 바치고,

밤낮으로 고생을 했는데도 다 잊어버리다니!

메피스토펠레스

아녜요. 그는 진심으로 그 점에 대해 생각하고 있었습니다.   2970

이렇게 말하더군요. "말타 섬을 떠나올 때,

나는 아내와 아이들을 위해 열렬히 기도를 올렸지.

그래서인지 하늘도 무심치 않아,

터키 황제의 보물을 운반하는,

배를 한 척 나포하게 되었어.   2975

그때 용감하게 활약한 보상으로,

나 역시 응분의 몫을,

적절하게 받을 수 있었지."

마르테

어머나, 그걸 어쨌을까? 혹시 묻어놓지 않았을까요?

메피스토펠레스

누가 압니까? 사방에서 불어온 바람이 그걸 어디로 날려 보냈는지.　　2980

그 친구가 나폴리에서 나그네처럼 헤매고 다녔을 때,

한 예쁜 아가씨가 그를 돌봐주었죠.

지극한 사랑과 정성을 그에게 베풀었기 때문에,

마지막 순간까지 그녀를 잊지 못하더군요.

마르테

악당 같으니라고! 자식들 몫까지 훔친 도둑!　　2985

아무리 비참하고 곤궁했어도,

그런 수치스런 삶은 억누르고 살았어야지!

메피스토펠레스

네, 그래요. 그 대가로 그는 죽었습니다.

내가 당신 처지라면,

예절 바르게 한 일 년 애도하다가,　　2990

그다음엔 슬슬 새사람을 하나 찾아보겠습니다.

마르테

어머나, 무슨 말씀을! 그래도 내 남편 같은 양반은,

이 세상에서 쉽게 만나지 못할 거예요!

그렇게 마음씨 좋은 바보도 없을걸요.

다만 너무 떠돌아다니길 좋아했고,   2995

타향의 계집들이나 낯선 고장의 술,

그리고 그 지긋지긋한 노름을 좋아한 게 탈이지요.

메피스토펠레스

자, 자, 그러시다면 잘 되었습니다.

그도 당신을 그런 식으로,

그의 입장에서 잘 보아주었으니까요.   3000

맹세컨대 그런 전제라면,

나도 당신하고 반지를 교환하고 싶습니다!

마르테

오 선생께선 농담도 좋아하시네요!

메피스토펠레스 *(혼자말로)*

이쯤해서 달아나야겠군!

이 여자는 악마의 말을 제법 알아차릴 것 같단 말이야.   3005

(그레첸에게) 아가씨 심정은 어떠신지요?

마르가레테

무슨 말씀이시죠?

메피스토펠레스 *(혼자말로)*

정말 착하고 순진한 아이로군!

(큰소리로) 안녕히 계십시오, 여러분!

마르가레테

안녕히 가세요!

마르테

잠깐 한 마디만 더!

남편이 언제 어디서 어떻게 죽어 매장되었는지,

증명서를 한 장 얻었으면 합니다.   3010

일처리를 꼼꼼하게 해두는 걸 좋아해서요.

교회주보에 그의 죽음을 싣고 싶습니다.

메피스토펠레스

네, 부인, 두 사람의 증인만 있으면,

어디서나 사실로 인정됩니다.

나에게 좋은 친구가 한 명 있으니,   3015

당신을 위해 재판정에 서도록 하지요.

그를 여기로 데려오겠습니다.

마르테

오 꼭 그렇게 해주세요!

메피스토펠레스

이 아가씨도 여기 계시겠지요?

아주 멋진 총각이랍니다! 여행도 많이 했고,

아가씨들에 대한 예의도 아주 바르고요.   3020

마르가레테

그런 분이라면 부끄러워 얼굴이 붉어질 거예요.

메피스토펠레스

세상의 어떤 왕 앞에서도 그럴 필요는 없습니다.

마르테

저의 집 뒤에 있는 정원에서,

오늘 저녁 두 분을 기다리겠어요.

길거리

(파우스트와 메피스토펠레스)

파우스트

어떻게 되었나? 잘 되었어? 곧 될 거 같아?   3025

메피스토펠레스

오 브라보! 불덩어리처럼 달아올랐군요?

잠시 후 그레첸은 당신 것이 될 거요.

오늘 저녁 이웃 여인 마르테 집에서 그녀를 만날 겁니다.

마르테란 여인은 중매쟁이나 뚜쟁이 집시여인으로는 아주 제격이

더군요.

파우스트

그래 잘되었군!   3030

메피스토펠레스

그러나 우리에게 원하는 게 있습니다.

파우스트

한 가지 일을 해주었으면 당연히 대가를 바라겠지.

메피스토펠레스

우리는 다만 그녀 남편의 죽어 자빠진 몸뚱이가,

파두아의 성스런 묘지에 누어있다는 걸,

법적으로 유효하게 증언을 해주면 됩니다.   3035

파우스트

대단히 영리하군! 그렇다면 우선 여행을 해야겠군.

메피스토펠레스

순진한 성자[1]시여! 그럴 필요는 없습니다.

사실은 알 필요가 없고, 그저 증언만 하면 됩니다.

파우스트

그렇다면, 이 계획은 취소하겠네.

메피스토펠레스

오 성스러운 분! 곧 성인이 되시겠군요!   3040

당신이 거짓 증언하는 것이,

평생 처음이란 말인가요?

당신은 신과 세계와 그 안에서 움직이는 것들에 대해,

또 인간과 인간의 머리와 가슴속에서 활기를 띠는 것에 대해,

---

1) Sancta Simplicitas!. 프라하 대학 총장 요한네스 후스(1371경-1415)가 화형을 당할 때, 형장에
   서 장작을 나르는 신앙심이 두터운 한 노파를 보고 소리친 말. 그는 보헤미아(=체코)의 종교 개혁
   자로서, 영국의 위클리프(1330?~1384) 종교 개혁 운동에 공명하고, 로마 교회의 세속화를 비
   난하다가, 콘스탄츠 공의회에서 이단자로 단죄되어 화형에 처해졌다.

아주 자신 있게 정의(定義)를 내린 적이 없었던가요?   3045

뻔뻔한 얼굴, 오만한 가슴으로 말입니다.

그러나 당신 내면을 자세히 살펴본다면,

당신이 알고 있다는 게, 사실은 슈베르틀라인 씨의 죽음에 대한

것보다 많지 않다는 걸 고백해야 할 것입니다.

파우스트

그대는 갈데 없는 사기꾼에 궤변가야.   3050

메피스토펠레스

그렇소, 내가 당신을 좀 더 깊게 이해하지 못했다면 그렇겠지요.

그러나 내일이면 온갖 점잔을 빼면서,

저 가련한 그레첸을 유혹하기 위해, 진정한 사랑을 맹세하겠지요?

파우스트

하지만 그것은 진심이네.

메피스토펠레스

좋습니다!   3055

그렇다면 영원한 성실함이나 사랑,

유일하고도 전능한 충동도,

역시 진심에서 나온 것이란 말입니까?

파우스트

그만두세! 그건 진실이야! – 내가 느끼는

이 감정, 이 혼란을 표현할 수 있는,   3060

이름을 찾아보지만 발견할 수가 없었네.

모든 감각을 총동원해 최상의 말을,

찾으려 세상을 방황했었네.

나를 불태우는 이 사랑의 열정을,

무한이나, 영원이라고 부르는 것이,   3065

어찌 악마들의 거짓말놀이와 같겠는가?

메피스토펠레스

그렇지만 내가 옳습니다!

파우스트

잘 듣고! 이것만은 명심하게 –

나의 혀가 너무 과로하지 않게 해주게.

옳다고 주장하려면, 한 가지만 주장해야 하고,

그러면 결국 이기게 되겠지.   3070

자, 가세. 입씨름엔 넌더리가 나네.

별도리가 없으니 자네가 옳다고 하세.

정원

(마르가레테는 파우스트의 팔을 끼고, 마르테는 메피스토펠레스와 이리저리 산보한다.)

마르가레테

저는 당신이 절 아껴주시느라고,

겸손해하시는 것을 느낍니다. 전 부끄럽기만 해요.

여행을 많이 하셔서 마음이 넓어,   3075

싫은 내색 않고 상대해 주는 데 익숙하신 거지요.

그렇게 경험 많으신 분에게,

저의 하잘 것 없는 얘기가 재미없으리란 것도 잘 알아요.

파우스트

당신의 눈짓, 당신의 말 한 마디가,

세상의 어느 지혜보다 더 즐겁습니다. *(그녀의 손에 키스한다.)*   3080

마르가레테

어머, 이러지 마세요! 키스까지 하시다니요.

제 손은 너무 추하고 거칠답니다!

모든 집안일을 제가 해야 했거든요!

어머니가 무척 엄격하셔서요.

(두 사람이 지나간다.)

마르테

그래, 선생께선 늘 여행만 다니시나요?   3085

메피스토펠레스

아, 네, 직업과 의무에 쫓겨 어쩔 수 없습니다.

떠나기 싫은 곳도 여러 군데 있었지요.

그러나 한 곳에만 머물 수도 없었답니다.

마르테

세상을 자유롭게 돌아다니는 것도,

젊은 시절엔 괜찮을 거예요.   3090

하지만 좋은 시절 다 지난 후,

홀아비 신세로 발을 끌며 무덤을 향한다는 건,

누구에게나 반가운 일은 아닐 거예요.

메피스토펠레스

닥쳐올 그 일을 생각하니 두려워지는군요.

마르테

그러니 선생께서도 알맞은 때에 결심을 하세요.　　　　　3095

(두 사람이 지나간다.)

마르가레테

그래요, 눈에 멀어지면 마음도 멀어지는 법이지요!

당신은 예의바른 분이에요.

친구도 많이 사귀셨을 텐데,

모두 저보다는 똑똑한 분들이겠지요.

파우스트

오, 착한 아가씨! 똑똑한 사람에게는,　　　　　3100

허영심과 천박함이 더 많을 수도 있답니다.

마르가레테

왜요?

파우스트

아, 이 소박하고 천진한 아가씨는,

자신의 성스런 가치를 알지 못하고 있구나!

겸손과 고상함이야말로,

자애롭게 나눠주는 자연 최상의 선물이라는 것을.   3105

마르가레테

당신은 절 한순간만 생각하시겠지만,

전 당신을 생각할 시간이 많을 거예요.

파우스트

당신은 혼자 있을 때가 많으신가요?

마르가레테

네, 저희 집 살림은 보잘 것 없지만,

그래도 손 가는 일이 많답니다.   3110

하녀가 없으니 밥 짓고 청소하고 뜨개질하고,

또 바느질도 하면서 새벽부터 밤늦게까지 뛰어다녀야 한답니다.

그런데다 우리 어머니는 매사에,

너무나 꼼꼼하세요!

너무 졸라매며 살지 않았으면 좋겠어요.   3115

다른 사람들보다 좀 더 여유 있게 살 수도 있으니까요.

아버지는 상당한 재산에다,

교외에 조그만 집과 정원을 남겨주셨지요.

하지만 요즘 저는 꽤 한가한 나날을 보내고 있답니다.

오빠는 군대에 가시고,   3120

어린 여동생은 죽었거든요.

그 애 때문에 고생도 많이 했어요.

그래도 그런 고통이라면 다시 겪어도 하겠어요.

정말 사랑스런 아이였답니다.

파우스트

당신을 닮았다면 천사 같았겠지요.

마르가레테

제가 길렀기 때문에 그 애도 절 무척 따랐어요.　　　　　3125

그 앤 아버지가 돌아가신 후 태어났답니다.

그때 어머니는 너무 쇠약해져서 누어 계셨지요.

우린 어머니를 잃는 줄 알았는데,

아주 천천히 조금씩 회복되셨어요.

어머니는 가엾은 어린것에게,　　　　　3130

젖을 먹일 생각도 하지 못했어요.

그래서 그 앨 완전히 저 혼자 기른 거예요.

우유와 물을 먹이면서요. 그 앤 내 아기가 되어버렸답니다.

제 팔에 또 제 품에 안겨서,

좋아하며 바둥대며 자랐답니다.　　　　　3135

파우스트

정말 가장 순수한 행복을 맛보았군요.

마르가레테

그러나 힘든 순간도 많았어요.

밤이면 아기의 요람을

제 침대 옆에 갖다 놓았고, 애가 조금만 움직여도

이내 잠에서 깨어나곤 했지요.　　　　　3140

우유를 먹이기도 하고, 제 곁에 누이기도 하고,

그래도 울음을 그치지 않으면 자리에서 일어나,

아기를 어르며 온 방안을 서성이기도 했어요.

그리고 날이 밝으면 빨래터에 가야 했고,

다음엔 시장도 보고 부엌일도 보살펴야 했지요.   3145

하루하루를 늘 그런 식으로 지냈어요.

그러니 하루하루가 늘 유쾌하진 않았지만,

그 대신 입맛이 좋아지고, 잠도 달게 잘 수 있었답니다.

(두 사람이 지나간다.)

마르테

여자들은 그럴 때 참 곤란해요.

홀아비의 마음을 돌리기가 여간 어렵거든요.   3150

메피스토펠레스

나를 좀 더 잘 되도록 가르쳐 주는 일은,

당신들 같은 여인의 손에 달린 것 같군요.

마르테

솔직히 말씀해보세요. 아직 아무도 없으신가요?

마음 정한 곳이 아무대도 없단 말입니까?

메피스토펠레스

이런 속담이 있지요. "자기 집 아궁이와   3155

얌전한 아내는 황금이나 진주와 같다."

마르테

당신은 한 번도 그런 의욕이 없었단 말입니까?

메피스토펠레스

어딜 가나 사람들은 저를 제법 정중하게 대접해 주었습니다.

마르테

제 말은, 당신 마음이 절실해진 적이 없었냐는 것입니다.

메피스토펠레스

감히 부인들과 농담할 수 있나요?   3160

마르테

아, 제 말의 뜻을 모르시는군요!

메피스토펠레스

정말 유감입니다!

하지만 당신이 내게 무척 친절하신 걸 잘 알고 있습니다.

(두 사람이 지나간다.)

파우스트

오, 작은 천사여! 내가 정원에 들어서는 순간,

곧 나를 알아보았단 말이지요?

마르가레테

못 보셨나요? 제가 곧 눈을 내리뜨고 있는 걸.   3165

파우스트

그렇다면 나의 방자했던 행동을 용서해 주시는 건가요?

얼마 전 당신이 성당에서 돌아올 때,

무례하게 굴었던 일 말입니다.

마르가레테

　　정말 놀랐어요. 그런 일은 생전 처음이거든요.

　　전 누구에게도 욕먹을 짓을 하지 않았는데 말예요. 3170

　　혹 저분이 내 행동 가운데 불손하거나,

　　예의바르지 못한 걸 발견한 게 아닐까 하고 생각했어요.

　　이런 계집하곤 당장 수작을 붙여도 되겠거니,

　　생각하신 게 아닌가 하고.

　　그렇지만 고백할게요! 그때는 몰랐지만, 3175

　　당신을 좋은 분이라고 생각하기 시작했던 거예요.

　　다만 당신에게 좀 더 쌀쌀맞게 굴지 못했던,

　　제 자신이 무척 미웠답니다.

파우스트

　　오 사랑스러운 여인!

마르가레테

　　잠깐만요! *(별꽃 한 송이를 꺾어 꽃잎을 하나씩 뜯어낸다.)*

파우스트

　　뭘 하는 거지요? 꽃다발인가요?

마르가레테

　　아녜요. 그저 장난하는 거예요. 3180

파우스트

　　어떻게?

마르가레테

저리 가세요. 아마 웃으실 거예요. *(꽃잎을 뜯으며 중얼거린다.)*

파우스트

무얼 혼자 중얼거리는 건가요?

마르가레테 *(조금 소리를 높여)*

날 사랑한다 - 사랑하지 않는다.

파우스트

정말 귀여운 모습이다!

마르가레테 *(계속해서)*

날 사랑한다 - 않는다 - 사랑한다 - 않는다 -

(마지막 꽃잎을 뜯으면서 기쁨에 넘쳐) 그이는 날 사랑하신다!

파우스트

그렇소, 나의 사랑! 이 꽃 점(占)을

신탁의 말씀으로 삼읍시다. 당신을 사랑하고말고!   3185

알겠소? 당신을 사랑한다는 걸! *(그녀의 두 손을 잡는다.)*

마르가레테

어쩐지 가슴이 떨려요!

파우스트

오, 두려워말아요! 이 눈길과

이 두 손으로 입으로는

말할 수 없는 걸 말하게 해주오.   3190

내 마음을 당신에게 바치겠소.

그 기쁨은 영원할 것입니다.

영원히! 끝이 온다면 그것은 절망일 것이요.

아니요! 결코 끝날 리는 없소! 절대로!

(마르가레테는 그의 두 손을 꼭 쥐었다가 뿌리치고 달아난다.

파우스트는 잠시 생각에 잠겼다가 그녀의 뒤를 따라간다)

마르테 *(들어오면서)*

날이 어두워지는군요.

메피스토펠레스

그렇군요. 이제 가야겠습니다.   3195

마르테

좀 더 오래 계시라고 붙잡고 싶지만,

이곳은 워낙 말이 많은 곳이랍니다.

이웃 사람의 일상을 지켜보는 것 외엔,

아무 할 일도 없고,

아무 소일거리도 없는 그런 곳입니다.   3200

그래서 아무리 조심을 해도 소문이 나고 만답니다.

그런데 우리 젊은 한 쌍은?

메피스토펠레스

저쪽 길로 사라졌소이다.

바람난 나비들처럼!

마르테

그분이 그 앨 좋아하는 모양이에요.

메피스토펠레스

그녀도 마찬가지고요. 세상 일이 다 그런 게 아니겠소?

정원의 조그만 정자

(마르가레테가 뛰어 들어와 문 뒤에 숨는다. 손가락 끝을 입술에 대고 문틈 사이로 밖을 내다본다)

마르가레테

그분이 오시네!

파우스트 *(들어온다.)*

요, 장난꾸러기, 날 놀리는군요!   3205

잡았다! *(그녀에게 키스한다.)*

마르가레테 *(그를 껴안고 키스에 답하며)*

멋진 분! 당신을 진심으로 사랑해요!

(메피스토펠레스가 문을 두드린다.)

파우스트 *(발을 구르며)*

누구야?

메피스토펠레스

선량한 친구요!

파우스트

짐승 같은 놈!

메피스토펠레스

이제 가야할 시간이요.

마르테 *(들어온다.)*

네, 너무 늦었어요. 선생님.

파우스트

바래다주면 안될까?

마르가레테

하지만 어머니가 저를 – 안녕히 가세요!

파우스트

꼭 가야하나? 그럼, 안녕!

마르테

안녕히 가세요!

마르가레테

곧 다시 만나요!   3210

(파우스트와 메피스토펠레스가 퇴장한다.)

고맙기도 해라! 저분은 정말,

생각도 깊고 모르는 것도 없으셔!

저분 앞에만 서면 그냥 부끄럽기만 하고,

무슨 일에나 그저 네네 할 뿐이야.

나는 아무것도 모르는 가련한 아인데,   3215

왜 나를 좋아하시는지 알 수가 없어. *(퇴장한다.)*

숲과 동굴

파우스트 *(혼자서)*

숭고한 지령이여, 그대는 나에게 모든 것을,

내가 바라던 모든 것을 주었다. 그대가 불꽃 속에서,

내게 얼굴을 보여준 것은 헛된 일이 아니었다.

장엄한 자연을 왕국으로 주었고,   3220

그것을 느끼고 즐길 수 있는 힘도 주었다.

또 경탄의 마음으로 자연을 접할 수 있도록 했고,

친구의 품인 양 자연의 품속을 깊이,

들여다 볼 수 있는 은혜도 베풀어 주었다.

그대는 생명 있는 존재들의 대열을 인도하여,   3225

내 곁을 지나가고, 고요한 숲과 바람과

물속에 사는 형제들을 만나게 해 주었다.

폭풍이 거세게 숲속에서 울부짖자,

커다란 전나무들이 쓰러지면서,

이웃 나뭇가지며 줄기들을 내리 덮쳐,   3230

그 둔탁한 굉음이 산언덕에 우레처럼 진동할 때,

그대는 나를 안전한 동굴로 인도하였으니,

나를 되돌아보는 가운데, 내 가슴속엔,

깊은 경이감이 은밀하게 피어올랐다.

눈앞에 밝은 달이 솟아올라,   3235

마음을 달래듯 흘러가면,

암벽들 사이와 이슬 젖은 숲속에서,

전설세계의 은빛 모습들이 떠올라,

성찰(省察)의 강렬한 욕구를 진정시켜 주었다.

인간에게 완전함이 부여되지 않았음을,   3240

나는 이제 느끼노라. 그대는 나를 신 가까이,

좀 더 가까이 이끌어 가는 환희를 주었으며,

또 나에게 버릴 수 없는 동반자를 주었는데,

그는 냉혹하고 뻔뻔스러워,

내 자존심을 짓밟고, 말 한 마디로,   3245

그대가 베푼 은혜를 무(無)로 돌려버린다.

그는 내 가슴속에 저 아름다운 자태를 연모하는,

사나운 불길을 열심히 부추긴다.

그래서 나는 욕망에서 향락을 향해 비틀거리다가,

향락 속에서 다시 욕망을 향해 목말라 하고 있다.   3250

(메피스토펠레스가 등장한다.)

메피스토펠레스

이제 그런 삶을 충분히 맛보았겠지요.

오래 끈다고 무슨 재미가 더 있을까요?

한 번쯤 시험해 보는 건 좋지만,

그러나 다시 새로운 것을 시작해야죠!

파우스트

이 좋은 날 나를 괴롭히기보다는,   3255

자네가 해야 할 일이 더 많았으면 싶네.

메피스토펠레스

자, 좋아요. 나도 당신을 조용히 두고 싶으니,

그렇게 정색을 하며 말하지 말아요.

당신처럼 불친절하고 퉁명스럽고 불합리한 친구는,

잃는다 해도 정말 아까울 게 없소이다.   3260

온종일 할 일은 두 손 가득하답니다!

무엇이 마음에 드는지? 무엇을 허락해야 하는지?

도무지 감을 잡을 수가 있어야지요.

파우스트

그거야말로 진짜 자네다운 말투네!

날 지루하게 해놓고도 인사를 받으려 하다니.   3265

메피스토펠레스

내가 없었던들 당신같이 가련한 지상의 아들이,

어찌 당신의 삶을 누릴 수 있었겠소?

온갖 공상의 잡동사니들 속에 빠져 있는 당신을,

나나 되니까 잠시나마 구해줄 수 있었지요.

내가 아니었던들 당신은 이미,   3270

이 지상에서 사라졌을 것이요.

당신은 부엉이마냥 이런 동굴 속,

바위틈에 처박혀 무얼 하고 있는 겁니까?

축축한 이끼와 물이 뚝뚝 떨어지는 바위로부터,

두꺼비마냥 양분을 빨아먹고 있는 건가요?　　　　　3275

참으로 멋지고 재미있는 시간을 보내고 있군요!

몸에선 아직 학자 냄새를 풀풀 풍기면서.

파우스트

황야를 헤매고 다녀도,

새로운 삶의 기운이 솟아남을 이해할 수 있는가?

자네가 그것을 알아차릴 수 있다면,　　　　　　3280

악마의 본성은 나의 행복을 허락하지 않았겠지?

메피스토펠레스

속세를 초월한 행복이군요!

밤에는 이슬을 맞으며 산 위에 누워,

황홀한 기쁨으로 하늘과 땅을 껴안고,

신이라도 된 듯 부풀어 올라,　　　　　　　3285

예감의 힘으로 대지의 정수(精髓)를 파헤치고,

6일간에 이룬 신의 작업을 가슴 깊이 느끼며,

오만한 가운데 자신도 모를 일을 즐기고,

때로는 사랑의 기쁨에 넘치도록 취해,

지상의 아들은 완전히 사라지고,　　　　　　3290

그리고 다음엔 고상한 직관이 –

(몸짓을 해보이며)

결말이 어떻게 끝날지는 – 차마 말을 못하겠소이다.

파우스트

요 못된!

메피스토펠레스

기분이 거슬리겠지요.

당신에겐 점잔을 빼며 못된 놈이라고 욕할 권리가 있겠죠.

마음이 순수한 자도 가슴속에 억누를 수 없는 그 무엇이 있다는 것을,   3295

순결한 귀에 대고 말해선 안된단 말인가요.

요컨대 자신을 가끔 속여 넘기는

그런 재미도 때로는 즐거운 일입니다.

그러나 당신은 오래 견디지 못할 거요.

곧 다시 피곤해져서,   3300

더 계속했다간 녹초가 되어,

미쳐버리거나 불안과 공포에 빠지게 될 것입니다!

그건 그렇고! 당신의 애인은 집안에 틀어박혀,

모든 것을 답답해 하며 슬픔에 잠겨 있답니다.

그녀의 머리에선 당신의 모습이 떠나지 않고,   3305

오로지 당신 생각뿐이지요.

처음엔 당신 마음도 눈이 녹아 흘러드는 개울물처럼,

사랑의 열정이 넘쳐흘렀죠.

그 열정을 그녀의 가슴에 쏟아 붓더니,

이제 당신의 개울물은 말라버렸단 말인가요.   3310

숲속에서 왕처럼 위엄을 떨며 앉아있기보다는,

가여운 소녀의

사랑에 보답하는 것이,

신사분께 더 어울릴 것 같습니다.

시간이 그녀에게 못 견딜 만큼 길게 느껴져,　　　　　　　3315

그녀는 창가에 서서 낡은 성벽 위로,

구름이 흘러가는 것을 하염없이 바라봅니다.

내가 새라면! 하고 그녀는,

하루 종일 그리고 밤중까지 노래를 부릅니다.

가끔은 명랑할 때도 있지만, 대부분 울적해 하며,　　　　　3320

어쩌다간 실컷 울기도 하면서,

마음이 안정된 것처럼 보이기도 하지만,

변함없이 사랑에 빠져 있답니다.

파우스트

　이 음흉한 놈! 뱀 같은 놈!

메피스토펠레스 *(혼자 말로)*

　어떠냐! 걸려들었지!　　　　　　　　　　　　　　　3325

파우스트

　흉악한 놈! 이곳에서 사라져 버려라!

　아름다운 그녀 이야기는 꺼내지도 말아라!

　반쯤 미쳐버린 내 마음을 또다시 들쑤셔서,

　달콤한 육체를 탐하도록 하지 말아다오!

메피스토펠레스

도대체 어쩔 거요? 그 앤 당신이 도망갔다고 생각하는데.　　3330

사실 그럴 생각이 아닌가요.

파우스트

나는 그녀 가까이 있다. 비록 멀리 떨어져 있어도,

그녀를 잊을 수도, 잃을 수도 없다.

정말 나는 그녀의 입술이 닿은,

주님의 성체까지도 질투할 지경이다.　　3335

메피스토펠레스

그러시겠지요! 장미꽃 아래서 즐겁게 서성이는,

쌍둥이 한 쌍[1]을 생각하면, 저도 당신이 자주 부럽습니다.

파우스트

사라져버려라, 이 뚜쟁이 놈아!

메피스토펠레스

좋소! 욕을 하시오. 그러나 웃지 않을 수가 없군요.

남자와 여자를 창조하신 하느님도,

몸소 중매 서 주는 일을,　　3340

가장 고귀한 사명으로 알았단 말입니다.

어서 가 봐요, 정말 애절한 모습입니다.

---

1) 그레첸의 유방을 가리킨다. 구약성경의 「아가」 제4장, 제5절에서 인용. "그대의 젖가슴은 (…) 나리꽃밭에서 풀을 뜯는 쌍둥이 노루 같아라."

귀여운 애의 방으로 가라는 거지,

죽으러 가라는 것은 아닙니다.

파우스트

그녀의 두 팔 안에 무슨 천상의 기쁨이 있단 말이냐?　　　　　3345

그녀의 가슴에 안겨 내 몸을 녹이게 해다오!

지금까지 나는 그녀의 고통만을 느끼지 않았느냐?

난 도망자가 아니냐? 집도 없는?

목적도 안정도 없는 몰인정한 인간에다,

바위에서 바위로 쏟아지는 폭포수처럼,　　　　　3350

미친 듯 정욕에 이끌려 심연을 향해 뛰어들고 있지 않느냐?

그 앤 홀로 옆에 비켜서서 철없이 어슴푸레한 마음으로,

알프스 초원의 작은 오두막에 살고 있고,

그녀가 처리하는 모든 집안일은,

이 작은 세계에 한정되어 있다.　　　　　3355

그런데 신의 미움을 받는 나는,

바위덩어리들을 움켜잡아,

산산조각을 만들어도,

흡족치가 않았던 것이다.

나는 그녀를, 그녀의 평화를 깨뜨리고 말았다!　　　　　3360

이 지옥 같은 놈아, 이런 제물을 원했더냐!

도와다오, 악마야, 이 공포의 시간을 단축시켜 다오!

어차피 일어날 일이라면, 당장 일어나게 해라!

그녀의 운명이 송두리째 나에게 무너져 내려,

나와 함께 멸망해도 좋다!   3365

메피스토펠레스

다시 들끓고, 다시 불붙는구려!

어서 가서 그 앨 위로해 주시오, 바보 같은 친구여!

그 애의 조그만 머리가 출구를 찾지 못하면,

당장 끝장만을 생각할 거요.

용기를 지닌 자만이 살아남을 것이오!   3370

게다가 당신도 이제 제법 악마다워졌어요.

세상에서 절망에 빠져 허둥대는,

악마보다 더 어리석은 모습은 없을 거요.

그레첸의 방

그레첸 *(물레 옆에 혼자 앉아)*

내게서 평화는 사라지고,

마음만 그저 무겁네.   3375

마음의 평화를 다시는,

다시는 찾지 못하리.

그 분이 없는 곳,

내게는 무덤이니,
온 세상이,   3380
쓰디쓰네.

가련한 나의 머리,
미쳐버렸고,
가련한 나의 마음,
산산이 조각났네.   3385
내게서 평화는 사라지고,
마음만 그저 무겁네.
마음의 평화를 다시는,
다시는 찾지 못하리.

그분이 오시는가,   3390
창밖을 내다보고,
그분을 만날까,
문밖을 서성이네.

그분의 의젓한 걸음걸이,
그분의 기품 있는 모습,   3395
그분 입가의 미소,
그분의 강렬한 눈빛.

그분 이야기,

마술 같았고,

꼭 잡아주던 손,   3400

그리고 아 달콤한 키스!

내게서 평화는 사라지고,

마음만 그저 무겁네.

마음의 평화를 다시는,

다시는 찾지 못하리.   3405

내 마음 그분 곁으로,

달려가네.

아 그분 붙잡으면,

놓지 않으리.

그리고 키스하리라,   3410

언제까지고.

그분의 키스에,

이 몸이 녹는다 해도!

마르테의 정원

(마르가레테와 파우스트)

마르가레테

약속해 주세요, 하인리히![1]

파우스트

내가 할 수 있는 일이라면!

마르가레테

그럼 말해보세요, 종교를 어떻게 생각하시는지?   3415

당신은 정말 좋은 분이지만,

종교에 대해선 중요하게 생각하지 않는 것 같아요.

파우스트

그만 둡시다! 내가 당신을 사랑한다는 것은 아시겠지요.

사랑하는 사람을 위해 나는 모든 것을 바칠 수 있지만,

그러나 아무도 그의 감정이나 신앙을 강요해선 안 됩니다.   3420

마르가레테

그건 옳지 않아요. 우리는 믿음을 가져야 해요!

파우스트

꼭 그래야 할까요?

마르가레테

---

1) 파우스트는 여기서 처음으로 하인리히로 불린다. 그의 이름은 하인리히 파우스트.

아, 내가 당신에게 무엇인가를 할 수 있다면!

당신은 교회의 성사(聖事)도 공경하지 않으시죠?

파우스트

공경하지요.

마르가레테

하지만 마음에서 우러나와야죠.

미사나 고해도 오래도록 안 하셨을 거고.   3425

신을 믿으시나요?

파우스트

이봐요, 누가 감히, 나는 신을 믿는다라고

말할 수 있을까요?

성직자나 현자에게 물어보세요.

그들의 대답은 묻는 사람을,

조롱하는 듯 여겨질 것이요.

마르가레테

그래서 믿지 않으시는 건가요?   3430

파우스트

날 오해하지 말아요, 귀여운 아가씨!

누가 신의 이름을 부를 수 있겠소?

나는 신을 믿는다고,

누가 고백을 할 수 있겠소?

나는 신을 믿지 않는다고,   3435

마음속으로 느낀다고 해서,

누가 감히 말할 수 있겠소?

만물을 포괄하는 자,

만물을 보존하는 자,

그는 당신을, 나를, 그리고 자기 자신을,   3440

포괄하고 보존하고 있지 않소?

하늘은 저 위에 둥글게 덮여 있지 않소?

대지는 이 아래 굳게 자리 잡고 있지 않소?

불멸의 별들은 다정한 눈인사를 나누며,

이렇게 떠오르지 않소?   3445

당신과 눈을 마주 보고 있으면,

모든 것이 당신의 머리와 가슴으로 밀려들어가,

영원한 신비에 싸인 채,

보일 듯 말 듯,

당신 곁에서 움직이고 있질 않소?   3450

그런 기분으로 당신의 가슴을 가득 채우고,

당신이 온통 행복감에 젖게 된다면,

그것을 행복! 진심! 사랑! 신!

무어든 원하는 대로 이름을 붙이시오.

나는 그걸 뭐라고 불러야 좋을지 모르겠소!   3455

그저 느끼는 것만이 전부요.

이름이란 공허한 울림이요,

흐린 하늘의 불꽃일 뿐이요.

마르가레테

당신의 말씀은 정말 아름답고 훌륭해요.

신부님 말씀도 그와 비슷해요.   3460

쓰시는 단어가 약간 다를 뿐이지.

파우스트

어느 곳에서도

사람들은 다 그렇게 이야기할 거요.

각자 말하는 방법이 다를 뿐이요.

왜 나라고 내 식대로 말하지 못하겠소?   3465

마르가레테

그 말씀을 들으면, 그럴듯하다는 생각이 들기는 해요.

그래도 잘못되었다는 생각이 드는 건,

당신이 기독교 신자가 아니기 때문인가 봐요.

파우스트

오, 사랑스런 사람!

마르가레테

당신이 그 남자와 함께 있는 걸 볼 때마다,

내 마음이 늘 괴로웠어요.   3470

파우스트

어째서?

마르가레테

당신과 함께 다니는 사람을,

난 마음 깊이 싫어한답니다.

평생을 두고,

그 사람의 찌푸린 얼굴처럼,

내 가슴을 섬뜩하게 하는 걸 본 적이 없어요.　　　　3475

파우스트

오, 귀여운 사람, 그를 겁내지 말아요!

마르가레테

그 사람을 보면 내 마음이 요동을 칩니다.

그 외에는 누구에게나 좋은 마음을 갖고 있답니다.

그러나 내가 당신을 만나고 싶다가도,

그 사람 앞에서는 오싹 소름이 끼치고,　　　　3480

그가 악당처럼 느껴져요.

내가 옳지 않았다면 용서해 주세요!

파우스트

세상엔 그런 괴짜도 있는 법이요.

마르가레테

그런 사람하고는 함께 지내고 싶지 않아요!

그가 문에 들어설 때면,　　　　3485

얼굴엔 늘 조롱기가 어려 있고,

반쯤 화가 난 표정이에요.

남의 일엔 전혀 관심이 없는 듯 보여요.

어떤 인간도 사랑하지 않는다고,

이마에 적혀 있는 것 같아요.   3490

당신의 팔 안에 안겨있으면,

한없이 자유롭고 포근한데,

그가 나타나면 내 마음은 조이는 듯 답답해진답니다.

파우스트

예감이 넘치는 천사로군!

마르가레테

그런 생각이 너무나 절 압도해서,   3495

그가 우리에게 다가오기만 해도 이제,

당신을 더 이상 사랑할 수 없다는 생각이 들 정도예요.

또, 그 사람 곁에선 기도조차 할 수 없어서,

여간 마음이 아픈 게 아니에요.

하인리히, 당신도 그러시겠지요.   3500

파우스트

그에게 혐오감을 느껴서 그래요!

마르가레테

이제 가봐야겠어요.

파우스트

아, 단 한 시간만이라도,

당신 품에 편안히 안겨 가슴과 가슴을 맞대고,

마음과 마음을 통하게 할 수 없을까?

마르가레테

아, 내가 혼자 잠을 잔다면!   3505

오늘 밤 당신을 위해 빗장을 열어놓겠어요.

그러나 어머니의 잠귀가 얼마나 밝은지 몰라요.

만약 우리가 어머니에게 들키기라도 하면,

난 그 자리에서 죽은 목숨 이예요!

파우스트

오, 나의 천사여, 그런 일이라면 걱정 말아요.   3510

여기 작은 약병이 있소! 단 세 방울만,

어머니가 마시는 물에 섞어 넣으면,

편안히 깊은 잠에 드실 것이요.

마르가레테

당신을 위해서라면 무엇을 못하겠어요?

설마 어머님께 해롭지는 않겠지요!   3515

파우스트

해로운 것이라면 내 어찌 그대에게 권할 수 있겠소?

마르가레테

사랑하는 당신을 보기만 하면,

무엇이든 당신 뜻에 맡기고 싶으니 웬일일까요?

당신을 위해 벌써 너무 많은 걸 해드려서,

이젠 더 이상 할 일이 없는 것 같아요. *(퇴장한다.)*   3520

(메피스토펠레스가 등장한다.)

메피스토펠레스

요, 풋내기! 가버렸나?

파우스트

또 엿들었구먼!

메피스토펠레스

자초지종을 다 들었습니다.

박사님께서 교리문답 공부를 하시더군요.

많은 소득이 있길 바랍니다.

계집들이란 원래 자기 사내가 옛날식으로,   3525

신앙심이 많은지 순박한지 관심이 많은 법이지요.

그런 일에 잘 따르면, 자기 말에도 잘 따르리라 생각하는 거지요.

파우스트

자네 같은 괴물은 알지 못할 거야.

진실하고 사랑스런 아이가,

자신에게 축복을 안겨주는,   3530

신앙에 충만하여,

사랑하는 이를 잃어버리지나 않을까,

얼마나 마음을 쓰며 애를 태우는지.

메피스토펠레스

오, 육욕을 초월한 듯 육욕에 사로잡힌 구혼자여,

계집의 손아귀에 잡히고 말았군요.   3535

파우스트

이 오물과 지옥 불 사이에서 태어난 괴물 같은 놈!

메피스토펠레스

그런데 그년은 관상도 제법 잘 본단 말이야.

내 얼굴만 보아도 왠지 이상해진다고?

내 얼굴이 숨겨진 비밀을 예시하는 모양이지.

내가 아주 대단한 천재거나,   3540

어쩌면 악마일지도 모른다고 느끼고 있으니 말이야.

그런데 오늘 밤엔 - ?

파우스트

자네와 무슨 상관인가?

메피스토펠레스

하지만 나도 그 일이 기쁘답니다!

우물가에서

(물동이를 들고 있는 그레첸과 리스헨)

리스헨

너 베르벨헨에 대한 소문 못 들었니?

그레첸

아니, 사람들 많이 모이는 곳에 나가지 않으니까.   3545

리스헨

이건 정말이야. 지빌레가 오늘 나한테 말해 주었단다.

그 애도 결국 속아 넘어갔다는 거야.

그렇게도 고상한 척하더니만!

그레첸

어떻게 됐기에?

리스헨

소문이 짝 퍼졌어!

먹고 마시는 게 이젠 두 사람분이라는 거야.

그레첸

저런!   3550

리스헨

결국 올 게 온 거라고.

어지간히 오랫동안 그 사내한테 매달려 있더니만!

사내는 산보를 합네,

마을 무도장에 안내를 합네 하면서.

어딜 가나 제일가는 여자라고 추겨 세우고,   3555

파이와 포도주로 늘 환심을 샀다는 거야.

그 애도 자기가 무슨 대단한 미인이나 되는 줄 착각하고,

갖가지 선물을 받고는,

부끄러움도 모를 정도로 뻔뻔해졌던 거지.

서로 애무하고 키스하고 하는 사이에,   3560

그만 꽃송이가 떨어지고 만 거야!

그레첸

오, 가엾은 것!

리스헨

아니, 그런 앨 불쌍히 여기다니!

우리 같은 것들은 물레 옆에 앉아 일을 하거나,

밤이면 엄마 옆에서 꼼짝 못하고 있는데,

그 앤 문밖 벤치나 어두운 길에서,   3565

애인과 달콤한 밀회를 즐기느라,

시간 가는 줄도 몰랐잖니.

이젠 어디서나 고개를 숙이고,

죄수복[1]을 걸친 채 교회에 가서 속죄해야 할 걸!

그레첸

그래도 남자가 그 앨 아내로 받아주겠지?   3570

리스헨

그가 바보라면 그러겠지! 잽싼 젊은이라면,

다른 곳에서도 얼마든지 상대를 고를 수 있거든.

그 사내도 역시 달아나 버렸다더라.

그레첸

그것 참 안됐구나!

---

1) 타락으로 죄를 진 여인은 교회의 재단 앞에서 수의(囚衣)를 걸치고 여러 사람 앞에서 신부에게 참회해야 하는 것이 당시의 법으로 규정되어 있었다.

리스헨

　　그 사내와 결혼했다간 혼이 나게 될 걸.　　　　　　　　　　3575

　　마을의 총각들은 그 애의 화환을 박살낼 거고,

　　우리도 그 애의 집 앞에 지푸라기[1]를 뿌릴 테니까. *(퇴장)*

그레첸 *(집으로 돌아가면서)*

　　이전에 나는 가련한 여자애가 잘못을 저지르면,

　　얼마나 신이 나서 헐뜯어댔던가!

　　다른 사람의 죄에 대해선,　　　　　　　　　　　　　　　3580

　　입에 거품을 물고 떠들었지!

　　남의 허물이 검게 보이면, 그 검은색이,

　　아직도 멀었다고 더욱 검은색을 덧칠하려 했지.

　　내 자신은 죄가 없다고 얼마나 잘난 체했던가,

　　그런데 이제는 내 자신이 죄인이 되었구나!

　　그러나 날 이렇게 만든 모든 것이,　　　　　　　　　　　3585

　　신이어! 얼마나 사랑스럽고 즐거웠나요!

성 안쪽 길

(성벽의 후미진 곳에 고난의 성모상이 있고, 그 앞에 꽃병들이 놓여있다.)

---

1) 결혼 전에 애를 낳은 처녀가 결혼을 하게 되면 이런 식으로 박해를 받는 관습이 있었다.

그레첸 *(싱싱한 꽃을 꽃병에 꽂는다.)*

고뇌에 찬 성모님

자비로운 얼굴로

저의 고통을 굽어 살피소서!

가슴에 칼을 맞으시고   3590

온갖 고통을 겪으면서

죽어가는 아드님을 바라보고 계시네.

하늘의 아버님을 우러러보시며

아드님과 당신의 고난 때문에

한숨짓는 성모님.   3595

뼈에 사무치는

이 고통을

누가 느껴줄까요?

가련한 마음이 불안에 떨며

무엇을 갈구하는지   3600

오직 성모님, 당신만이 알고 계십니다!

제가 어디를 가든

여기 이 가슴속은

아프고, 아프고, 또 아프답니다!

제가, 아, 혼자 있을 때면　　　　　　　　　3605

울고, 울고, 또 울어서

가슴은 갈기갈기 찢어집니다.

이른 아침

당신께 드릴 꽃을 꺾으면서,

아, 창문 앞 화분 위를　　　　　　　　　3610

눈물로 적셨답니다.

아침 일찍 태양이

제 방을 환히 비출 때,

저는 온통 슬픔에 잠겨

침대에 일어나 앉아 있었답니다.　　　　　3615

도와주세요! 절 치욕과 죽음에서 구해 주세요!

고뇌에 찬 성모님

자비로운 얼굴로

제 고통을 굽어 살피소서!

밤

그레첸의 집 앞 거리.

발렌틴 *(군인, 그레첸의 오빠)*

모두들 자랑하기 좋아하는   3620

술자리에 내가 앉아 있을 때면,

동료들은 나에게 꽃다운 처녀들을

큰소리로 찬양하면서

잔이 넘치도록 술을 마셨지. -

그때마다 나는 팔꿈치를 괴고   3625

걱정 없이 태평스럽게 앉아서

온갖 허풍소리를 다 들어주었지.

그런 다음 미소 띤 얼굴로 수염을 쓰다듬으며

넘치는 술잔을 들고 이렇게 말했지.

모두가 나름대로의 멋이 있겠지!   3630

그러나 온 나라를 둘러봐도

우리 그레첸과 견줄 만한 처녀가,

내 누이에게 시중이라도 들 만한 처녀가 있느냐 말이야?

그러면 옳소! 옳소! 쨍그랑! 쨍그랑! 하며 잔이 돌았지.

한 패는 이렇게 소리쳤지, 자네 말이 옳아,   3635

그 앤 온 여성의 자랑일세!

그러면 전에 자랑을 늘어놓던 친구들은 모두 벙어리가 되었지.

그런데 지금은! - 머리카락을 쥐어뜯은들,

담벼락에 머리통을 짓찧은들 무슨 소용이랴! -

빈정대며, 코를 실룩이며,   3640

온갖 잡놈들이 다 날 욕하고 있으니 말이다!

나는 빚을 잔뜩 진 놈 모양 쭈그리고 앉아,

대수롭지 않은 말 한 마디에도 진땀을 흘리고 있다!

녀석들을 한꺼번에 박살내고 싶지만,

그들의 말이 거짓말이 아닌 걸 어쩌랴.   3645

저기 오는 놈들이 누구지? 살금살금 다가오는 놈들이?

내 눈이 잘못보지 않았다면, 분명 그 두 녀석일 거야.

그게 사실이라면, 내 이놈들의 멱살을 움켜잡고,

살아서는 돌아가지 못하게 하리라!

(파우스트와 메피스토펠레스 등장)

파우스트

저기 제의실(祭衣室) 창에서,   3650

밝은 등불 빛이 위쪽으로 반짝이다가,

점점 약하게 옆으로 희미해지고,

마침내 암흑이 주위에 밀려오듯이,

내 가슴속도 칠흑 같은 암흑이구나!

메피스토펠레스

내 마음은 날렵한 고양이 모양,   3655

소방용 사닥다리 곁을 지나,

벽 위를 조용히 기어가고 있소이다.

게다가 기분도 아주 유쾌하게,

약간은 도둑 기질이, 약간은 색골 기질이 고개를 드는군요.

멋진 발푸르기스 축제의 밤을 생각하면,   3660

벌써부터 온몸이 후끈 달아오릅니다.

모레면 다시 그 날이 찾아오는데,

거길 가면 왜 사람들이 밤을 지새우는지 알 것입니다.

파우스트

저 뒤편에서 반짝반짝 빛나는 것은,

땅 속에서 보물이 솟아나오는 게 아닐까?   3665

메피스토펠레스

당신도 머지않아,

보물단지를 캐내는 즐거움을 맛볼 것입니다.

내가 얼마 전 안을 슬쩍 들여다 보았더니,

멋진 사자 무늬의 금화들이 들어 있더군요.

파우스트

내 사랑하는 애인을 치장해 줄,   3670

패물이나 반지는 없더란 말이냐?

메피스토펠레스

그런 물건도 하나 보았는데,

진주목걸이 같았어요.

파우스트

그거 잘됐다! 선물도 없이

그녀에게 가는 게 괴롭던 참이었다.   3675

메피스토펠레스

공짜로 재미를 보는 따위의

불쾌한 일이 없도록 해드리리다.

지금은 하늘 가득히 별들이 빛나고 있으니,

진정한 예술의 노래 한 곡을 불러드리지요.

그녀를 더 잘 유혹하도록 하기 위해,   3680

도덕적인 노래를 부르렵니다.

(치터[1]에 맞춰 노래한다.)

       카타리나 아가씨야,

       이렇게 이른 새벽

       사랑하는 임의 집 문전에서

       무얼 하느냐?   3685

       아서라, 조심해라!

       녀석은 너를

       처녀로 불러들이지만

       처녀로 내보내지는 않을걸.

---

1) 퉁겨서 연주하는 현악기. 하프 유사함.

부디 정신을 차려라! 3690

일단 일을 치르고 나면,

그 다음은 안녕이란다.

가련하고 가련한 소녀들아!

자기 몸을 아끼려면,

어떤 도둑에게도, 3695

절대 사랑을 주지마라,

손가락에 반지를 낄 때까지는.

발렌틴 *(앞으로 걸어 나오며)*

여기서 누굴 유혹하려는 거냐? 이 못된 놈들아!

이 저주받을 쥐 잡이 놈들아![2]

먼저 그놈의 악기부터 박살내 주마! 3700

다음은 노래하는 놈 차례다!

메피스토펠레스

치터가 두 동강이 났군, 이제 쓸모가 없겠는걸.

발렌틴

이번엔 대갈통을 부숴놓겠다!

메피스토펠레스 *(파우스트에게)*

---

[2] 중세시대 독일 니더작센주의 도시 하멜른에 전해오는 전설. 쥐가 많았던 이 도시에 어느 날 마법
의 피리를 가진 사나이가 나타나 금화 천량을 약속받고 쥐들을 끌고 가 물에 빠트린다. 시장은 금
화 일부만 주고 사나이를 쫓아버린다. 얼마 후 사나이는 다시 나타나 이번에는 아이들을 피리로 불
러 모아 도시를 떠났다고 한다. 지금도 "쥐 잡이 도시 하멜른 Rattenfängerstadt Hameln"으로 불림.

박사님, 피하지 말고! 기운을 내요!

내게 바짝 붙어서 시키는 대로만 해요.   3705

깃털3)을 뽑으세요!

그냥 찌르기만 하세요! 막는 건 내가 할 테니까.

발렌틴

이걸 막아봐라!

메피스토펠레스

이것도 못 막을까봐!

발렌틴

이번 것도!

메피스토펠레스

좋다!

발렌틴

꼭 악마가 휘두르는 것 같구나!

웬일일까? 벌써 손이 마비되다니.   3710

메피스토펠레스 *(파우스트에게)*

찌르시오!

발렌틴 *(쓰러진다.)*

아, 원통하다!

메피스토펠레스

---

3) 깃털(Flederwisch) : 칼을 익살맞게 말한 것.

이 건방진 놈이 이제야 얌전해졌군.

하지만 도망칩시다. 당장 사라져야 합니다.

벌써 살인이야! 하는 소리가 들리지 않습니까?

경찰쯤이야 쉽게 해결할 수 있지만,

형사재판에 연루되는 건 딱 질색입니다.   3715

마르테 *(창가에서)*

　모두들 나와 봐요! 나와 봐!

그레첸 *(창가에서)*

　등불 좀 가져오세요!

마르테 *(창가에서)*

　서로 욕하고 쥐어뜯고 악을 쓰며 싸우고 있어요.

사람들

　저기 벌써 하나가 쓰러져 있네!

마르테 *(밖으로 나오면서)*

　살인한 놈들은 벌써 달아나버렸나요?

그레첸 *(밖으로 나오면서)*

　여기 쓰러져 있는 사람은 누구죠?

사람들

　네 엄마의 아들이다.   3720

그레첸

　어머나, 하느님! 이게 웬일인가요.

발렌틴

나는 죽는다! 말은 쉽게 했지만,

죽는 건 더 빠를 수 있다.

그대 여인네들, 무엇 때문에 울고불고 슬퍼하는 거요?

이리 다가와 내 말을 들어보오. *(모두 그의 주위로 다가간다.)* 3725

그레첸! 넌 아직 어려서,

충분한 분별력을 갖지 못하고,

네 일을 이 지경으로 만들어 놓았다.

우리끼리 말이지만,

넌 이제 창녀가 되고 말았다. 3730

그것이 너에게 당연한 말인지도 모르겠다.

그레첸

오, 하느님! 오빠, 그게 무슨 말씀이에요?

발렌틴

농담이라도 하느님을 입에 올리지 마라.

일어난 일은 어쩔 수 없는 법,

어떻게든 되어 가겠지. 3735

한 녀석하고 은밀한 관계가 시작되었지만,

곧 상대의 수가 늘어날 것이고,

그래서 한 다스쯤 되었다가,

급기야 온 마을이 널 소유하게 될 게다.

처음엔 죄악의 씨를 배게 되고, 3740

남모르게 슬그머니 낳아,

어둠의 베일로 머리와 귀를,

푹 덮어씌울 수 있겠지.

아니, 죽여 버리고 싶은 마음도 들 거야.

그러나 그놈이 자라서 크게 되면,   3745

대낮에도 거리를 버젓이 다니겠지만,

죄악의 씨를 신통하게 봐줄 수는 없을 것이다.

그놈의 얼굴이 추해질수록,

더욱 대낮의 햇빛을 찾게 되겠지.

정말로 그 순간이 눈에 선하구나.   3750

점잖은 마을 사람들이 모두,

전염병으로 죽은 시체라도 보듯,

창녀가 된 네 곁을 피해 가는 모습이.

그들이 네 눈을 들여다볼 때마다,

네 가슴은 얼마나 절망으로 찢어지겠느냐?   3755

이젠 금목걸이[4]도 걸고 다닐 수 없으리라!

교회에선 제단 앞에 설 수도 없으리라!

아름다운 레이스 깃을 달고,

춤추며 즐길 수도 없으리라!

---

4) 1600년경 프랑크푸르트의 경찰령에 의하면, 창녀는 금목걸이를 걸고 교회에 입장할 수 없었다.

캄캄한 비탄의 구석에 처박혀,   3760

거지와 불구자들 사이에서 숨어 지낼 것이다.

비록 하느님이 널 용서하신다 해도,

지상에서는 저주받은 몸이 될 것이다!

마르테

하느님께 은총을 빌어 당신의 영혼이나 구하세요!

남을 비방한 죄까지 더 얹으려고 그러세요?   3765

발렌틴

이 부끄러운 뚜쟁이 년아!

네 말라빠진 몸뚱이를 요절냈으면 좋겠다.

그러면 나의 모든 죄에 대해,

하느님의 용서를 충분히 받을 것이다.

그레첸

오빠! 이 무슨 끔찍한 고통이란 말인가요.   3770

발렌틴

애야, 눈물일랑 거두어라!

네가 명예를 버렸을 때,

내 마음의 충격은 정말 컸다.

이제 죽음이란 잠을 통해,

군인답게 씩씩하게 하느님께 가겠다. *(죽는다.)*   3775

성당

장례 미사. 오르간과 합창.

(그레첸이 많은 사람들 사이에 앉아있고, 뒤에는 악령이 있다.)

악령

　　그레첸, 많이 변했구나.

　　네가 아직 순결했을 땐,

　　여기 제단 앞으로 나와,

　　낡은 기도서를 펼쳐들고,

　　더듬거리며 기도를 올렸었지.　　　　　　　　　　　　　3780

　　반은 어린애다운 장난에서,

　　반은 마음속에 하느님을 생각하면서!

　　그런데 그레첸!

　　네 정신은 어디 갔느냐?

　　네 마음속에,　　　　　　　　　　　　　　　　　　　　3785

　　이 무슨 못된 생각이란 말이냐!

　　너로 인해 기나긴 고통의 잠에 빠져버린,

　　어머니의 혼령을 위해 기도하는 것이냐?

　　너의 집 문지방에는 누구의 피가 흘렀더냐?

　　그리고 네 가슴 아래에선,　　　　　　　　　　　　　　3790

　　이미 죄악의 씨가 꿈틀거리면서,

　　너와 자신의 존재가 염려스러운 듯,

불안에 차 있지 않으냐?

그레첸

괴롭구나! 괴롭구나!

내 마음속을 오락가락하면서,   3795

날 질책하는 이 생각에서,

벗어날 수는 없을까?

합창

최후 심판의 날이 오면,

세상은 재로 변하리라. *(오르간 소리)*

악령

신의 노여움이 널 사로잡으리라!   3800

심판의 나팔소리 울리고,

무덤들은 진동하리라!

네 영혼은

재 속이서

고통의 불길로   3805

다시 피어나

떨게 되리라!

그레첸

여기서 나가고 싶구나!

오르간 소리는

내 숨통을 틀어막고,   3810

노랫소리는 내 심장을

녹여버리는 것 같다.

합창

그리하여 심판관이 자리에 앉으면,

숨겨진 일 모조리 밝혀지고,

하나도 남김없이 벌을 받으리라.   3815

그레첸

너무나 답답하다!

벽의 기둥들이

날 사로잡는다!

저 둥근 천장이

날 내리누른다! - 아, 숨 막혀!   3820

악령

숨어 보아라! 그러나 죄와 치욕은,

감출 수 없을 것이다.

숨이 막힌다고? 눈앞이 캄캄하다고?

불쌍하구나.

합창

가련한 나, 그때 무어라고 말할까?   3825

어느 정령에게 내 보호를 간청할까?

올바른 사람들도 불안한 그때에.

악령

죄를 씻은 자들은 너로부터

얼굴을 돌리리라.

순결한 자들은 몸서리치며   3830

네게 손 내밀기를 꺼리리라.

불쌍하구나!

합창

　　　　　가련한 나, 그때 무어라고 말할까?

그레첸

옆에 계신 아주머니! 향수병[1]을 좀! ―

(기절하고 쓰러진다)

발푸르기스의 밤[2]

하르츠 산 속, 시에르케와 엘렌트 지방.

(파우스트와 메피스토펠레스 등장)

메피스토펠레스

빗자루[3]를 원치 않으십니까?   3835

---

1) 여인들이 교회에 갈 때, 긴 예배 때문에 기절하거나 졸린 것을 막기 위해 향수병을 갖고 다녔다.
2) 마녀들이 브로켄 산에서 큰 축하 행사를 열고 봄이 오기를 기다리는 밤. 브로켄 산은 독일 중앙부 하르츠 산맥의 최고봉으로 높이 1142m.
3) 마녀들은 빗자루나 산양을 타고 브로켄 산으로 모여든다.

나에겐 아주 힘센 산양이 좋겠군요.

이 길에서 목적지까지 아직 멀답니다.

파우스트

내 두 다리가 아직 건강하게 느껴지는 한,

이 마디 많은 지팡이로 족하다.

길을 재촉한들 무슨 소용이 있겠느냐?   3840

미로와 같은 골짜기를 살그머니 빠져나와,

샘물이 끊임없이 솟구쳐 흐르는,

이 암벽들 위로 올라가는 것이,

흥겹게 길을 찾아가는 즐거움이렷다!

봄빛이 벌써 자작나무 사이에 완연하고,   3845

가문비나무도 봄기운에 젖어있다.

그러니 우리의 신체에도 그 영향이 미치지 않겠는가?

메피스토펠레스

사실 나에겐 아무 느낌도 없소이다!

내 몸 속은 아직 겨울이고,

내가 가는 길에도 눈과 서리가 깔렸기를 바랍니다.   3850

저 이지러진 조각 달이,

느지막이 빛을 발하며 처량하게 떠오르고,

그 빛이 신통치 않아서 걸음을 옮길 때마다,

혹은 나무에 혹은 바위에 부딪힐 지경입니다.

실례지만 도깨비불을 좀 불러야겠소!   3855

저기 마침 잘 타오르고 있는 놈이 있군요.

여보게 친구! 우리에게 좀 와주겠는가?

무엇 때문에 그곳에서 헛되이 빛을 발하고 있는가?

이리 와서 우리가 올라가는 이 길 좀 비춰주게나!

도깨비불

분부 받자와 제 경망스런 천성을   3860

고쳐보도록 노력하겠습니다.

원래 우리의 발걸음이 갈 짓자 걸음이어서 그렇습니다.

메피스토펠레스

아니! 이런! 인간의 흉내를 낼 참이구면.

악마의 이름으로 명하건대 똑바로 걷도록 해라!

안 그랬다간 깜박이는 생명의 불꽃을 꺼버리겠다.   3865

도깨비불

나리께서 우리 집안의 어른이란 건 잘 알고 있습니다.

기꺼이 분부를 따르겠습니다.

한 가지만 배려해 주십시오. 오늘은 온 산중이 마법으로 요란할

것이니,

도깨비불로 나리의 길을 밝히는 마당에,

너무 까다롭게 굴지는 마십시오.   3870

파우스트, 메피스토펠레스, 도깨비불 *(교대로 노래 부른다.)*

꿈의 나라로, 마법의 나라로,

우리 어느새 들어왔구나.

잘 안내하라. 영광스런 마음으로,

우리 어서 앞으로,

넓고 황량한 벌판으로 나가자!   3875

나무들 뒤에 또 나무들,

빠르게 스쳐 지나가고,

허리 굽힌 절벽들,

길게 뻗은 암석의 콧날들은,

거친 콧소리를 내며,

숨을 내뿜는다!   3880

돌 틈 사이로, 풀밭 사이로,

크고 작은 개울물이 흘러내린다.

물소리일까? 노랫소리일까?

행복했던 젊은 날의,

달콤한 사랑의 하소연일까?   3885

우리의 희망, 우리의 사랑,

먼 옛날의 전설처럼,

메아리 되어 울려온다.

우우! 슈우우! 가까이서 들려오는

올빼미, 푸른 도요, 어치 새의 울음소리,   3890

너희 모두는 아직 깨어 있느냐?

덤불 속을 기어가는 건 도롱뇽인가?

긴 다리, 볼록한 배!

뱀 같은 나무뿌리들,

바위와 모래에서 빙빙 돌아,   3895

우리를 놀라게 해 사로잡으려고,

이상한 띠를 펼치고 있구나.

활기차고 튼튼한 나무의 옹이 자리로부터,

해파리 다리 같은 줄기가 뻗어 나와,

나그네의 다리를 휘감는구나.   3900

온갖 종류의 쥐들이 떼를 지어,

이끼와 풀밭 속을 들락거리는구나!

반딧불도 떼를 지어,

어지러이 날아다니며,

나그네의 갈 길을 혼란케 한다.   3905

하지만 말해 다오, 우리는 서있는 것이냐?

아니면 계속 가고 있는 것이냐?

모든 게 빙빙 도는 것만 같다.

얼굴을 찡그린 바위와 나무들,

점점 늘어나고 부풀어가는,   3910

혼란한 도깨비불까지도.

메피스토펠레스

　　내 옷자락을 단단히 잡아요!

　　여기는 산의 중간 봉우립니다.

　　맘몬 신의 황금이 산중에서 얼마나 빛나는지,

　　모두들 보고 놀라는 곳이지요.　　　　　　　　　　　3915

파우스트

　　저 골짜기가 먼동이 틀 때처럼,

　　희미하게 빛나는 게 신기하구나!

　　깊은 계곡의 심연에까지,

　　은은하게 빛이 스며든다.

　　여기선 안개가 피어오르고, 저기선 김이 빠져나가고,　　3920

　　이편엔 자욱한 안개 속에 불꽃이 타오르고,

　　그것은 부드러운 실처럼 살금살금 기어가기도 하고,

　　때로는 샘물처럼 솟구쳐 오르는 불꽃이 되기도 한다.

　　여기서 그 불꽃은 수많은 광맥을 가진,

　　구간을 휘감기도 하다가,　　　　　　　　　　　　　3925

　　저기 비좁은 구석에 몰리면,

　　갑자기 산산이 흩어져버리기도 한다.

　　황금빛 모래를 뿌려놓은 듯,

　　가까이서 피어오르는 불꽃들.

　　보라! 저 바위 절벽엔,　　　　　　　　　　　　　　3930

　　아래에서 위까지 온통 불이 붙었구나.

메피스토펠레스

맘몬 신께서 오늘의 축제를 위해,

궁전을 화려하게 불 밝혀 논게 아닐까요?

저걸 볼 수 있다니 행운입니다.

미쳐 날뛰는 마녀들이 벌써 모여드는 느낌입니다.   3935

파우스트

허공에서 미친 듯 회오리바람이 몰아친다!

억센 힘으로 내 목덜미를 후려친다!

메피스토펠레스

이 바위의 단단한 옆면을 꼭 붙들어야 합니다.

안 그랬다간 저 깊은 동굴 바닥으로 떨어져버릴 테니까.

안개가 끼어 밤이 더욱 어둡군요.   3940

들어보세요, 숲속에서 우지끈거리는 소리를!

부엉이들이 질겁해서 날아가는군요.

들어보세요, 푸른 궁전에서

기둥들이 무너지는 소리를!

나뭇가지들이 우지끈 부러지는 소리를!   3945

나무둥치들이 쓰러지는 꽈르릉 소리를!

뿌리도 뿌드득 끊어진 채 찢겨나가는 소리를!

모든 게 무섭게 얽히고 설켜서,

뒤죽박죽 비명을 질러댑니다.

파편들로 가득 찬 골짜기에는,   3950

바람소리만 윙윙 구슬픕니다.

공중에서 소리가 들립니까?

먼 곳에서 그리고 가까운 곳에서?

그렇습니다. 온 산 가득히,

마법의 노래가 미친 듯 울려 퍼지는군요!   3955

마녀들의 합창

마녀들이 브로켄 산으로 가네.

그루터기 밭은 노란색, 묘목은 초록색.

거기에 엄청난 무리가 모이고,

우리안[4] 두목께서 산 정상에 앉아계시네.

돌뿌리 나무뿌리 넘어가면서,   3960

마녀는 방귀를 뀌고 숫염소는 악취를 풍기네.

목소리

바우보[5] 부인이 혼자 오신다.

암돼지를 타고 오신다.

합창

존경받을 분은 존경해야지!

바우보 부인 앞장서세요! 그리고 안내해 주세요!   3965

튼튼한 돼지와 그 위에 탄 부인.

---

4) Urian. 독일 북부의 민간신앙에 나오는 악마의 이름.
5) Baubo. 그리스의 여신 데메터의 유모.

모든 마녀들이 그 뒤를 따른다.

목소리

너는 어떤 길로 왔니?

목소리

일젠슈타인 고개를 넘어왔지!

거기서 올빼미 집을 들여다봤더니,

두 눈을 부릅뜨고 있더군!

목소리

아이고, 저런!   3970

왜 그렇게 빨리 가는 거야?

목소리

그것이 날 할퀴었단 말이야.

이 상처 좀 봐!

마녀들의 합창

길은 넓고, 길은 멀다.

왜 이리 미친 듯 밀어제치는가?   3975

삼지창은 찌르고 빗자루는 할퀸다.

아이는 질식하고 어미는 배 터진다.

마녀들의 두목, 절반의 합창

우리는 껍질 쓴 달팽이 모양 기어가고,

여자들은 모두가 앞서 갔구나.

악마의 집 찾아갈 땐 언제나,   3980

여자들이 천 걸음이나 앞서 가지.

나머지 절반

여자가 천 걸음 앞서 간들,

우리는 조금도 상관치 않아.

그것들이 제아무리 서둘러 간들,

남자들은 한달음에 따라잡거든.   3985

목소리 *(위에서)*

함께 가자, 함께 가. 호수 절벽에서 나오너라!

목소리 *(아래에서)*

우리도 공중 높이 오르고 싶다.

몸은 씻어 반짝반짝하지만,

아이는 영영 밸 수 없다.

양쪽의 합창

바람은 자고, 별은 숨고,   3990

흐릿한 달도 모습을 감춘다.

마법의 합창소리 요란한 속에,

수많은 불꽃이 튀어 오른다.

목소리 *(아래에서)*

멈춰라! 멈춰라!

목소리 *(위에서)*

저 바위틈에서 누가 부르는가?   3995

목소리 *(아래에서)*

날 데려가 다오! 날 데려가 다오!

벌써 삼백 년이나 기어오르는데도,

봉우리까지 도달할 수가 없구나.

그곳에서 내 동료들과 만나고 싶다.

양쪽의 합창

    빗자루에 태워주고, 지팡이에 태워준다.   4000

    삼지창에 태워주고, 숫염소에도 태워준다.

    오늘 오를 수 없는 자는,

    영원히 버림받은 낙오자다.

반(半)마녀 *(아래에서)*

전 오랫동안 종종걸음을 쳤지요.

하지만 남들은 벌써 저 앞에 가 있어요!   4005

집에 있으면 마음이 편치 않고,

여기 와서도 초조하긴 마찬가지예요.

마녀들의 합창

    연고[6]는 마녀들에게 용기를 주나니,

    넝마는 좋은 돛이 되고,

    큰 통은 좋은 배가 된다.   4010

    오늘 날지 못하는 자, 영원히 날지 못하리.

양쪽의 합창

---

6) 마녀가 비행할 때 자기의 발이나 빗자루에 연고를 바르면 쾌속력이 나온다는 것이다.

우리가 산봉우리 위를 날아갈 때,

너희들은 땅 위로 기어오너라.

넓고 아득한 들판을 뒤덮어라.

마녀의 무리들이여. *(마녀들이 자리에 앉는다.)*　　　　　4015

메피스토펠레스

밀고 찌르고 허둥대고 덜거덕거린다!

식식거리고 빙빙 돌고 잡아당기고 떠들어댄다!

빛나고 번쩍이고 악취를 풍기고 타오른다!

마녀의 본성이로다!

날 꼭 잡아요! 그렇지 않았다간 당장 서로 떨어지고 말거요.　4020

어디 있나요?

파우스트 *(떨어진 곳에서)*

여기!

메피스토펠레스

아니 벌써 거기까지 밀려갔나요?

이쯤 되면 집안의 권한을 행사할 수밖에.

비켜라! 폴란트[7]께서 나가신다!

귀여운 무리들아, 비켜라! 박사님, 여깁니다. 날 꼭 잡아요!

이제 한달음에 이 소란을 벗어나기로 합시다.　　　　　　4025

여기선 나 같은 놈도 미칠 지경입니다.

---

7) Voland. 중고독일어에서 악마를 폴란트라고 불렀다.

저 옆에 아주 이상한 것이 빛을 내고 있어서,

왠지 저 덤불로 가보고 싶군요.

어서 와요, 어서! 우리 저 속으로 들어가 봅시다.

파우스트

이 모순 덩어리 마귀! 좋다, 가자! 어디든 안내하라!　　　　　4030

하지만 이렇게까지 해야 하나.

발푸르기스의 밤에 브로켄 산까지 찾아와서,

자네 멋대로 이런 곳에 쓸쓸히 떨어져 있겠다니!

메피스토펠레스

저길 좀 보세요. 얼마나 현란한 불꽃입니까?

유쾌한 패거리가 모여 있군요.　　　　　4035

숫자가 적다고 외로운 건 아니지요.

파우스트

하지만 난 저 위쪽으로 가고 싶네!

어느새 불길과 회오리치는 연기가 보이는군.

많은 무리들이 악령에게 몰려가고 있으니,

거기선 많은 수수께끼가 풀릴 수 있겠지!　　　　　4040

메피스토펠레스

하지만 많은 수수께끼가 얽힐 수도 있지요!

커다란 세계는 시끄럽게 내버려두고,

우리 여기 조용한 곳에 자리를 잡읍시다.

커다란 세계 속에 작은 모임을 만드는 건,

오래전부터 내려온 관습입니다.   4045

저길 좀 보세요. 온통 발가벗은 젊은 마녀들과,

맵시 있게 몸을 가린 늙은 마녀들을.

내 체면을 봐서라도 친절히 대해주길 바랍니다!

조금만 애를 써도, 즐거움은 클 것입니다.

무슨 악기 소리가 들리는군요!   4050

지긋지긋한 소리지만 익숙해져야 하지요.

자, 갑시다. 별 도리가 없소이다.

내가 앞장서 당신을 안내한 다음,

새로운 인연을 맺어드리리다.

어때요, 결코 작은 장소가 아니지요?   4055

앞을 내다봐요! 끝이 보이지 않지요?

무수한 불꽃이 줄줄이 타오르고 있군요.

춤추고 지껄이고 끓이고 마시고 사랑하고 –

이보다 더 좋은 곳이 있으면 말해 보시지요!

파우스트

우리가 여기에 한 몫 끼려면,   4060

자네는 마술사 형세를 할 건가, 아니면 악마 노릇을 할 건가?

메피스토펠레스

나는 신분을 숨기고 다니는 일에 익숙하지만,

이런 축제일엔 훈장을 자랑할 만합니다.

양말대님[8] 정도로 나를 내세울 수는 없지만,

여기 우리 가문에선 말발굽이 최고의 영예지요.　　　　4065

저기 달팽이가 보입니까? 이쪽으로 기어오는 놈 말이에요.

더듬대는 촉각으로 벌써 내게서,

무슨 냄새를 맡은 모양입니다.

아무래도 여기선 내 정체를 감출 수가 없군요.

갑시다! 이 불에서 저 불로 돌아다녀 봅시다.　　　　4070

나는 중매쟁이이고 당신은 구혼자입니다.

(꺼져가는 숯불 주위에 앉아 있는 몇몇에게)

노인장들, 이런 구석에서 무얼 하고 계십니까?

당당히 저 가운데로 나아가,

떠들썩한 젊은이들 사이에 끼는 게 어떨는지요?

외롭게 앉아 있는 건 집에서도 할 수 있으니까.　　　　4075

장군[9]

누가 국민을 믿고 싶겠소.

그들을 위해 그토록 많은 공을 세웠는데!

백성들이란 마치 여자들 같아서,

늘 젊은 놈들만 추겨 세운단 말이요.

---

8) 양말대님(Knieband). 영국 왕실에서 주는 최고 훈장. 1348년 에드워드 3세가 처음 만든 것으로 양말대님과 비슷하며, 왼쪽 무릎 아랫부분에 매어단다.

9) 장군(General), 장관(Minister), 벼락부자(Parvenu) 등은 프랑스 혁명기간에 독일로 망명한 부류로 서 혁명 전의 앙시앵 레짐(구(舊)제도)을 그리워하지만, 결국 새로운 세대에 의해 버림받은 망령들 이나 마찬가지다.

장관

요즘 사람들은 너무나 정도(正道)에서 벗어나 있소. 4080

옛 시절을 칭송하고 싶습니다.

우리가 모든 일을 쥐고 흔들던,

그때가 진정한 황금시대였지요.

벼락부자

우리는 정말 어리석지는 않았지요.

해서는 안될 일도 자꾸 해치웠으니까. 4085

하지만 한몫 단단히 잡아보려는 판국에,

세상이 덜컥 뒤집히고 말았지 뭡니까.

작가

요즈음엔 도대체 어느 누가,

현명한 내용의 책을 읽으려 해야 말이지!

그리고 젊은 놈들 이야기이지만, 4090

이처럼 시건방진 때는 없었으니까.

메피스토펠레스 *(갑자기 늙어버린 모습을 하고)*

나도 이 마녀의 산에 마지막으로 올라왔지만,

이곳 친구들이 최후의 심판을 받을 날도 멀지 않은 것 같군요.

술통의 밑바닥이 드러나면 술이 탁해지듯이,

세상도 다 된 것 같군요. 4095

고물상 마녀

어르신네들, 그냥 지나가지 마세요!

이 좋은 기회를 놓쳐서는 안 됩니다!

우리 집 물건들을 잘 살펴보세요.

오만 가지 것들이 다 있답니다.

세상의 다른 물건들과는 틀려서,   4100

우리 상점의 물건은,

인간과 세상에 대해,

해를 끼치지 않은 것은 없답니다.

피를 흐르게 하지 않은 비수도 없고,

튼튼한 몸에서 목숨을 빼앗는,   4105

뜨거운 독을 부어보지 않은 잔도 없고,

사랑스런 여인의 마음을 유혹하지 않은 패물도 없으며,

맹약을 깨뜨리거나,

등 뒤에서 상대방을 찌르지 않은 검도 없답니다.

메피스토펠레스

이봐요, 아주머니! 세상 물정을 잘 모르시는군.   4110

저지른 일은 지난 일, 지난 일은 저지른 일이랍니다!

좀 더 새로운 걸 진열해 놓으시오!

새로운 것만이 우리의 마음을 끌 수 있으니까.

파우스트

이거 도무지 정신을 못 차리겠구먼!

마치 큰 시장이 열린 것 같군!   4115

메피스토펠레스

모든 무리가 위쪽으로만 올라가려 하는군요.

당신은 밀고 있다고 생각하겠지만, 실은 밀리고 있는 겁니다.

파우스트

저건 대체 누구지?

메피스토펠레스

자세히 살펴봐요!

그녀는 릴리트[10] 입니다.

파우스트

누구라고?

메피스토펠레스

아담의 첫 번째 마누라지요.

그녀의 예쁜 머리카락을 조심하세요.   4120

유일하게 자랑하는 보물이지요.

저것으로 젊은 놈을 손아귀에 넣게 되면,

좀처럼 놓아주질 않는답니다.

파우스트

저기 두 사람, 늙은 여자와 젊은 여자가 앉아 있네.

벌써 어지간히 춤을 추어서 지친 것 같군!   4125

메피스토펠레스

---

10) Lilith, 유대인의 미신에 나오는 밤의 유령. 아담의 첫 부인이었으나 싸운 후 헤어져 마귀의 첩이 되었다고 한다.

저들이 오늘 쉴 리가 없지요.

다시 춤을 출겁니다. 자, 갑시다. 우리도 끼어 봅시다.

파우스트 *(젊은 마녀와 춤을 추면서)*

> 언젠가 나는 아름다운 꿈을 꾸었지.
>
> 그때 한 그루 사과나무를 보았지.
>
> 예쁜 사과 두 개[11]가 빛나고 있었지.   4130
>
> 내 마음 이끌려 그 위로 올라갔네.

예쁜 마녀

> 사과는 옛날 낙원 시절부터,
>
> 당신들 남자들이 탐내던 물건.
>
> 우리 집 정원에도 그런 게 열려있으니,
>
> 너무 기뻐 가슴이 울렁이네요.   4135

메피스토펠레스 *(늙은 마녀와 함께)*

> 언젠가 나는 황당한 꿈을 꾸었지.
>
> 그때 갈라진 나무 한 그루를 보았지.
>
> 나무는 커다란 – –[12] 하나를 갖고 있었지.
>
> – –[13] 는 했지만, 내 맘엔 들었네.

늙은 마녀

> 말발굽을 가진 기사님,   4140

---

11) 중세 이래로 사과는 자주 여인의 유방을 의미했다.

12) 〈구멍〉의 복자(伏字)

13) 〈크기〉의 복자(伏字)

진심으로 당신을 환영합니다!

그 커다란 – –[14] 이 싫지 않으시다면,

알맞은 – –[15] 를 준비하세요.

엉덩이 마술사[16]

이 저주 받을 놈들아! 이게 무슨 수작들이냐?

도깨비가 온전한 두 다리로 설 수 없다는 것은,   4145

오랜 옛날부터 증명된 일 아니냐?

그런대도 인간들처럼 춤을 추려 하다니!

예쁜 마녀 *(춤을 추면서)*

저 사람은 우리 무도회에서 무얼 하자는 거죠?

파우스트 *(춤을 추면서)*

에이! 저 녀석은 도대체 안 가는 데가 없어.

남이 춤을 추면 꼭 비평을 한마디 하는 녀석이야.   4150

자기가 비평해 보지 않은 스텝은,

밟지 않은 스텝이나 마찬가지라는 거야.

저 녀석은 우리가 앞으로 가는 것을 제일 싫어하지.

낡은 물레방아 모양,

우리가 한군데서만 빙빙 돌고 있으면,   4155

---

14) 〈구멍〉의 복자(伏字)

15) 〈마개〉의 복자(伏字)

16) 니콜라이(Christoph Friedrich Nicolai, 1733~1811)에 대한 풍자. 그는 렛싱의 친구로 베를린의
계몽주의자였다. 괴테의 『젊은 베르테르의 슬픔』에 대해서 『늙은 베르테르의 슬픔과 기쁨』이란
어리석은 패러디를 썼다. 몰이해와 악의로 가득 찬 책이다. 괴테는 숭고한 정신을 상실한 불쌍한
계몽주의자 니콜라이를 브로켄 산의 마귀로 풍자하고 있다.

제법 좋은 편이라고 만족해하지.

정중하게 비평을 청하면 특히 더 좋아하고.

엉덩이 마술사

아직도 여전히 그러고 있구나! 그건 있을 수 없는 일이다.

없어져버려라! 우리가 그다지도 계몽을 시켜주었건만,

악마들이란 규칙을 무시하는 놈들이구나.   4160

우리가 이렇게 현명한데도, 테겔 지방[17]에 도깨비가 나오다니.

나는 오랫동안 그 미신을 일소하려 애썼는데,

아직 깨끗해지지 않았으니 한심한 노릇이다!

예쁜 마녀

그런 따분한 소릴랑 집어치워요!

엉덩이 마술사

너희 도깨비들의 상판대기에 대고 말하거니와,   4165

심령의 독재를 난 견딜 수 없다.

내 심령도 그런 짓은 할 수 없다. *(계속 춤을 춘다.)*

오늘은 어떤 일도 이루어질 것 같지 않구나.

하지만 여행기[18]를 지니고 있으니,

내 마지막 발걸음을 내딛기 전에,   4170

---

17) 테겔은 훔볼트 형제의 영지가 있던 지방. 이곳에 도깨비가 나온다는 소문에 대해 니콜라이가 그 것을 부정하는 강연을 한 바 있는데, 유령을 보게 되는 것은 뇌의 충혈 때문이므로 엉덩이에 거 머리를 붙여 피를 뽑으면 치료가 된다고 주장하였다. 때문에 엉덩이 마술사란 이름으로 불리게 되었다.

18) 열두 권에 달하는 니콜라이의 「독일과 스위스 여행기」를 풍자함.

악마와 시인들을 꼼짝 못하게 할 테다.

메피스토펠레스

저 녀석은 곧 시궁창에 주저앉게 될 거요.

그것이 저 친구 기분풀이 방식이지요.

그래서 거머리가 엉덩이에 붙게 되면,

도깨비와 정령들로부터 해방되는 것이죠. 4175

(춤추다 떨어져 나온 파우스트에게)

왜 그 예쁜 계집앨 놓아주었지요?

춤을 추며 아주 사랑스럽게 노래하던데.

파우스트

아이고 말도 말게. 한참 노래를 부르는데,

빨간 쥐새끼[19] 한 마리가 입에서 튀어나왔단 말일세.

메피스토펠레스

그런 것 쯤 별거 아닙니다. 염려하지 마세요. 4180

큰 회색 쥐가 아닌 것만도 다행입니다.

한참 재미를 보는 판에 누가 그런 걸 문제 삼습니까?

파우스트

그 다음에 내가 본 것은 - -

메피스토펠레스

---

19) 민간신앙에 의하면, 잠자는 마녀의 혼이 빨간 생쥐가 되어 돌아다니다가 마녀가 깨어나기 전 다시 입속으로 들어간다고 한다.

뭐지요?

파우스트

메피스토, 저것이 보이는가?

저 멀리 창백하고 아름다운 아이가 홀로 서있는 모습이?

천천히 비틀거리며 가는 모습이,   4185

마치 두발이 묶인 채 걸어가는 것 같아.

솔직히 말해서 저 모습은 어쩐지,

착한 그레첸 같구나.

메피스토펠레스

그냥 내버려둬요! 누구에게도 좋은 일이 될 수 없습니다.

저건 마술의 영상이고, 생명 없는 환상이랍니다.   4190

저런 것을 만나는 것은 좋은 일이 아니랍니다.

뚫어지듯 바라보는 시선에 인간의 피가 굳고,

자칫 돌덩이로 변하고 말지요.

당신은 메두사[20]의 이야길 알고 있겠죠.

파우스트

정말 저건 사랑하는 손이 감겨주지 못한,   4195

죽은 자의 눈이다.

저건 그레첸이 나에게 바친 가슴이요,

---

20) Meduse. 그리스 신화에 나오는 괴녀. 몰골이 너무 흉측하여 한번 쳐다본 사람은 그 자리에서 돌
   로 변했다고 한다.

내가 탐닉했던 달콤한 육체다.

메피스토펠레스

저건 요술입니다. 당신은 바보처럼 아주 쉽게 잘도 빠져드는군요!

저 앤 누구에게나 애인처럼 보일 겁니다.   4200

파우스트

얼마나 기쁜 일인가? 얼마나 괴로운 일인가?

나는 저 시선을 피할 수가 없구나.

어쩌면 저 아리따운 목덜미를,

한 올의 붉은 끈[21]으로만 장식했을까?

칼등보다도 넓지 않은 끈으로 말이다!   4205

메피스토펠레스

정말 그렇군요! 내게도 그렇게 보이네요.

저 애는 자기 머리를 겨드랑이에 끼고 다닐지도 모릅니다.

페르세우스[22]가 그 목을 잘랐을 테니까.

하지만 늘 그런 망상만을 즐겨서야 되겠습니까?

이 조그만 언덕을 올라갑시다.   4210

여기는 프라터[23] 만큼이나 즐거운 곳입니다.

연극도 하고 있군요.

---

21) 목이 잘려 죽은 유령의 표지.
22) Perseus. 메두사의 목을 잘랐다는 그리스 신화의 인물.
23) Prater. 원래 오스트리아의 비엔나에 있는 합스부르크 왕가의 사냥터였으나 1766년부터 일반에게 개방되었다. 지금은 각종 놀이기구와 레스토랑이 있는 공원으로서 시민들을 맞고 있다.

거기서 공연하는 게 뭐요?

안내자

새로운 것으로 일곱 편 중 마지막 작품입니다.

곧 다시 시작합니다.   4215

이렇게 많이 보여드리는 게, 이곳의 관습이지요.

작품을 쓴 자도 아마추어이고,

공연하는 자들도 아마추어랍니다.

여러분, 미안합니다. 잠깐 자리를 비워야겠습니다.

저 역시 아마추어로서 막 올리는 일을 맡았지요.   4220

메피스토펠레스

그대들을 브로켄 산에서 만나다니 잘됐다.

여기는 그대들에게 안성맞춤인 곳이니까.

발푸르기스 밤의 꿈

혹은 오베론과 티타니아의 금혼식[1]

막간극[2]

---

1) 괴테가 1797년 셰익스피어의 『한여름 밤의 꿈』에서 힌트를 얻어 집필한 부분으로 파우스트극과
   상관없다. 오베론과 티타니아는 셰익스피어 극에 등장하는 요정 이름들이다.
2) 다음 장면을 위해 막 뒤쪽에서 무대를 재정비하는 시간을 메우기 위한 극이다.

무대 감독

미딩[3] 씨의 유능한 제자들아,

오늘은 우리 쉬어도 되겠다.

옛 산과 축축한 골짜기,   4225

이것으로 무대는 충분하다!

해설자

금혼식을 치르기 위해선,

50년의 세월이 지나야 하지요.

그러나 부부싸움 다 지나고 나니,

금이 더욱 좋은 것이구나.   4230

오베론

너희 정령들아, 내 곁에 있거든,

모습을 드러내어라.

왕과 왕비께서,

새로이 인연을 맺으셨다.

푸크[4]

이 푸크가 나타나 한 바퀴 선회하고,   4235

미끄러지는 스텝으로 윤무를 추면,

수백 명이 내 뒤를 따라,

---

3) Mieding. 바이마르 극장의 최초 무대 감독. 그의 죽음을 애도하는 괴테의 시가 있다.

4) Puck. 셰익스피어의 『한여름 밤의 꿈』에 나오는 장난꾸러기 요정. 가장무도회의 지휘자 노릇을 한다.

나와 함께 즐기고 싶어 하지요.

아리엘[5]

아리엘은 천상의 맑은 음성으로,

노래를 부르지요.   4240

그 소리에 못난이도 많이 몰려오지만,

미녀들도 유혹을 당한답니다.

오베론

금슬 좋게 살고 싶은 부부들은,

우리 두 사람에게서 배워라!

두 사람이 서로 사랑을 하려거든,   4245

헤어져 살아볼 필요도 있느니라.

티타니아

남편이 화를 내고, 아내가 심술을 부리면,

재빨리 두 사람을 붙잡아서,

여자는 남쪽으로,

남자는 북쪽으로 보내는 게 좋아요!   4250

관현악 연주 *(최강음으로)*

파리 주둥이와 모기 코,

그리고 그들의 친척들,

나뭇잎 사이의 개구리와 풀숲의 귀뚜라미,

---

5) Ariel. 셰익스피어의 『폭풍우』에 나오는 대기의 요정.

이들이 바로 연주자들이죠!

독창

보세요, 저기 백파이프[6]가 오네요!　　　　　　　　　　　4255

저건 비눗방울이랍니다.

저 납작코에서 나오는,

슈네케슈니케슈나크 하는 소리 좀 들어보세요.

처음으로 형성된 정령

거미 다리에 두꺼비 배,

그런 녀석들에게 날개까지!　　　　　　　　　　　　　　4260

그런 동물이 있을 리 없지만,

시의 세계엔 얼마든지 존재하지요.

젊은 한 쌍

종종걸음으로 혹은 껑충껑충 뛰면서,

달콤한 이슬과 향기 헤치며,

아무리 총총 달려가도,　　　　　　　　　　　　　　　　4265

하늘 높이 날지는 못하리라.[7]

호기심 많은 나그네[8]

이건 가면무도회의 장난이 아닌가?

내 눈을 믿어도 될까?

---

6) Dudelsack. 스코틀랜드의 민속악기. 가죽으로 만든 공기 주머니와 몇 개의 리드가 달린 관으로 되어있음.

7) 사소한 일상사엔 충실하지만, 원대한 이상의 세계에 들지 못하는 시인들을 풍자하고 있다.

8) 계몽주의자 니콜라이가 오베론과 브로켄의 마귀들이 한데 모인 것은 불합리하다는 것이다.

아름다운 신 오베론을,

이곳에서 뵙게 되다니!   4270

정교(正教) **신자**

발톱도 없고, 꼬리도 없네!

그래도 의심의 여지가 없어.

그리스의 신들과 마찬가지로,

저 녀석도 악마임에 틀림없어.

북방의 예술가[9]

내가 오늘날까지 붙들고 있는 건,   4275

한낱 습작에 불과했지만,

나도 적당한 시기가 되면,

이탈리아로 여행을 가겠다.

순수파[10]

아! 불행하게도 이런 곳엘 오다니.

정말로 타락한 고장이다!   4280

수많은 마녀들이 우글대지만,

얼굴에 분칠한 건 둘밖에 없구나.

젊은 마녀[11]

분 바르고 옷치장 하는 건,

---

9) 그리스, 로마 등 남쪽의 고전 예술의 진가를 모르는 북방의 예술가를 말한다.

10) 외면 형식이나 도덕적 약속에 신경 쓰는 예술가. 새롭고 자유로운 정열적 제작을 인정하지 않는다.

11) 자연주의 작가. 형식이나 도덕을 부정하고 노골적인 젊음과 야성을 구가하는 작가에 대한 풍자.

호호백발 할망구나 할 일이지.

나는 벌거벗고 숫염소 등에 앉아,   4285

오동포동 탐스런 몸을 자랑한다오.

늙은 귀부인[12]

우리들 행실 바른 사람들은,

네 따위들과 입씨름하기 싫지만,

너희들 젊고 나긋나긋한 몸뚱이는,

그냥 그대로 썩어버렸으면 좋겠다.   4290

악장(樂長)

파리 주둥이와 모기 코,

벌거벗은 여자에게 몰려들지 마라!

나뭇잎 사이의 개구리와 풀숲의 귀뚜라미,

제발 박자 좀 맞추어라!

풍향기[13] *(한쪽을 향해)*

훌륭한 아가씨들이야.   4295

정말 멋진 신붓감들이지!

총각들도 한 사람 한 사람,

앞길이 창창한 친구들이고.

풍향기 *(다른 쪽을 향해)*

---

12) 전자에 대항해서 형식과 체면을 지키는 구파.

13) 바람 부는 대로 때로는 젊은 마녀를 칭찬하고, 때로는 늙은 귀부인을 칭찬하는 문필가이자 악장인 라인하르트에 대한 풍자.

이 대지가 입을 벌려,

저것들을 몽땅 삼켜버리지 않는다면,   4300

나는 한달음에 곧장,

지옥으로 뛰어 들겠다.

크세니엔[14]

우리는 작고 날카로운 집게발을 가진,

곤충의 모습으로 여기에 왔지요.

우리의 어르신인 사탄님께,   4305

정중한 인사를 드리려고요.

헤닝스[15]

보라, 저놈들이 떼를 지어,

함께 음탕하게 놀아나는 꼴을!

하지만 마지막엔 말하겠지.

자기들은 마음 착한 놈들이라고.   4310

무자게트

이 마녀들의 무리에 끼어,

기꺼이 놀아보고 싶구나.

시신(詩神) 뮤즈들보다는,

---

14) Xenien. 괴테와 쉴러 합작의 2행 시집. 당시 문인과 학자들의 속물근성과 무능함을 비판. 여기서
   는 벌레의 모습으로 의인화되어 있다.

15) Hennings. 『크세니엔』에서 괴테와 쉴러의 공격을 받았던 작가. 그는 두 사람을 비기독교 작가라
   고 비판했으며 『무자게트 Musaget』라는 시집을 내놓았다.

마녀들 다루기가 훨씬 수월하니까.

전(前)시대 정신[16]

훌륭한 사람들하고는 뭔가 이룰 수 있을 거야.　　　　　　4315

이리 와서 내 옷자락을 잡으라.

독일의 파르나스[17]로 불리는 브로켄 산도,

봉우리가 꽤 넓으니까 말이야.

호기심 많은 나그네

여봐요, 저 무뚝뚝한 남자는[18] 누군가요?

아주 거만스런 걸음걸이군요.　　　　　　　　　　　　4320

냄새 맡을 것이 있으면 모조리 맡는,

그래서 〈예수회의 흔적을 냄새 맡고 다닌다〉는 친구죠.

두루미[19]

난 맑은 물에서 고기를 잡지만,

흐린 물에서도 잡지요.

그러니 점잖은 양반들이 악마들 하고,　　　　　　　　4325

어떻게 어울리는지를 잘 보아두시구려!

현세주의자[20]

---

16) Ci-devant Genius der Zeit. 헤닝스가 편찬한 잡지 『시대의 정신 Genius der Zeit』이 1800년 이
   후부터 『19세기 정신』으로 바뀌었기 때문에 먼저 것을 『전(前)시대의 정신』이라 칭한 것이다.

17) Parnaß. 그리스의 산 이름. 시의 신 아폴론과 뮤즈들이 사는 곳.

18) 니콜라이를 빗댄 말. 계몽주의자로서 종교적인 것에 반대하고 〈예수회〉의 흔적을 캐내고 다녔음
   을 풍자하고 있다.

19) 스위스 취리히 출신의 저술가 라파터 Lavater를 가리킨다. 고결한 성품 때문에 〈두루미〉로 묘사
   했지만, 혼탁한 일면도 지니고 있었다 한다.

20) Weltkind. 괴테 자신을 가리킨다.

정녕 경건한 사람들에겐,

모든 것이 수단이겠지요.

그러니 이 브로켄 산에서조차,

수많은 비밀집회를 여는 게 아니겠소.   4330

무용수

저기 새 합창단[21]이 오는 모양이지요?

멀리서 북 치는 소리가 들리네요.

놔두세요. 그건 갈대숲에서 들려오는,

해오라기 떼들의 울음소리랍니다.

무용교사

모두들 다리를 잘도 들어 올린다!   4335

되도록 잘 보이려고 애를 쓰는구나!

꼽추는 깡충깡충, 뚱보는 뒤뚱뒤뚱,

제 꼴이 어떤지는 상관치도 않는구나.

바이올리니스트

저 악당 놈들 서로를 미워하며,

최후의 일격을 가하려고 하면서도,   4340

오르페우스[22]의 칠현금 소리에 짐승들이 모여들 듯,

여기선 백파이프 소리에 하나가 되는구나.

---

21) 새 학설을 주장하는 철학자들을 가리킨다.
22) Orpheus, 그리스 신화에 나오는 악사. 그의 음악이 너무 신묘하여 나무와 바위, 그리고 짐승들까지 함께 흥겨워하였다고 한다.

독단론자

비판론과 회의론[23]을 가지고 아무리 외쳐도,

나는 결코 빠져들지 않는다.

악마도 그 무엇임에 틀림없다. 4345

그렇지 않고서야 어찌 악마가 존재할 수 있겠나?

이상론자[24]

내 마음속의 환상이,

이번엔 너무 화려하구나.

진정 그 모든 게 나의 자아라면,

나도 오늘은 바보가 되겠다. 4350

현세주의자

악마의 존재란 정말 고통스럽군.

날 이렇게 괴롭히다니.

여기에 처음 서고 보니,

발밑이 견고하지 못하구나.

초자연주의자

여기선 아주 유쾌하게, 4355

이들과 함께 즐길 수 있구나.

악마의 편에서 생각해보면,

---

23) 칸트의 비판론과 흄의 회의론을 말한다.
24) 피히테(Fichte)를 가리킨다. 그는 세계를 자아의식의 반영이라고 생각했다.

착한 영들도 있는 법이니까.

회의론자

불꽃의 흔적을 쫓아가면,

보물 가까이 갈 수 있다고 믿는다. 4360

악마와 회의(懷疑)는 서로 운(韻)이 맞으니,[25]

나만이 이 자리에 올 자격이 있다.

악장

나뭇잎 사이 개구리, 풀숲의 귀뚜라미,

이 저주받을 아마추어들!

파리 주둥이와 모기 코, 4365

그래도 너희는 연주자들이다!

처세에 능한 자들[26]

무사태평[27], 이렇게

유쾌한 친구들을 부른다오.

두 발로 더 이상 걸을 수 없으면,

그땐 머리로 걸어 다니죠. 4370

곤경에 처한 자들[28]

예전엔 아첨으로 먹을 것을 많이 얻었지만,

---

25) 독일어에서 악마는 Teufel 회의는 Zweifel 로 서로 운이 맞는다.

26) 프랑스 혁명으로 세상이 바뀌었어도 재빠르게 처세를 잘하는 부류를 가리킨다.

27) Sanssouci. 프로이센 왕국의 프리드리히 대왕이 1747년 지금의 브란덴부르크주 포츠담에 세운 호엔촐레른가의 여름 궁전. 프랑스어로 근심 없는 궁전(프랑스어: Palais de Sanssouci)이란 뜻.

28) 프랑스 혁명의 망명자들을 일컫는다.

그러나 이젠 끝장이라오.

우리의 신발은 춤추며 살다가 다 닳아버렸고,

이제는 맨발로 다니는 신세랍니다.

도깨비불[29]

우리는 늪지에서 생겨나,   4375

그곳에서 처음으로 이곳에 왔소이다.

하지만 춤추는 대열에 끼면,

제법 번쩍이는 멋쟁이랍니다.

유성(流星)[30]

별처럼 불꽃처럼 빛나면서,

나는 하늘에서 떨어져 내렸어요.   4380

지금은 풀숲에 누워있는데,

누가 날 좀 일으켜주겠어요?

뚱보들

비켜라, 비켜! 썩 물러서라!

풀들이 납작 엎드리면,

도깨비들 나가신다.   4385

도깨비들도 통통한 사지를 가졌네.

푸크

---

29) 정변에 의해서 갑자기 우쭐해진 정치가들.

30) 도깨비불과는 반대로 3일 천하를 뽐내다 실각한 정치가. 한번 번쩍했다가 다시 꺼져버린다.

코끼리 새끼처럼 뒤룩거리는,

그런 모습으로는 나타나지 마라.

오늘 제일가는 뚱뚱보는,

이 야성적인 푸크님 뿐이다.   4390

아리엘

자애로운 자연과 정령이,

너희에게 날개를 주었으니,

내 가벼운 발자국을 쫓아,

장미의 동산까지 따라오너라!

관현악 *(아주 약하게)*

흘러가는 구름과 자욱한 안개가   4395

위로부터 환하게 밝아온다.

나뭇잎과 갈대 사이의 바람은,

모두 흔적 없이 흩어졌다.

흐린 날, 벌판[1]

(파우스트와 메피스토펠레스)

---

1) 『파우스트』는 전부가 운문(韻文)으로 되어 있는데, 유일하게 60행의 이 장면만이 산문(散文)으로
되어 있다. 이 산문장면은 괴테가 25세에 썼던 『초고 파우스트』(Ur-Faust)에 들어 있었던 것인데
약간 수정해서 실은 것이다. 『파우스트』의 전제행과는 무관하게 삽입되어 있다.

파우스트

비참하구나! 절망이야! 가엾게도 오랫동안 세상을 방황하다가 이제
는 죄인으로 잡힌 몸이 되다니! 박복하지만 착한 그녀가 죄인이 되
어 감옥에서 엄청난 고통을 당하고 있다니!   5

그 지경까지 되다니! 그렇게까지! – 이 배신자, 이 비열한 놈!
지금껏 그 사실을 숨겼더란 말이냐! – 그래, 그렇게 우두커니 서있
어라, 서있어! 원한 품은 악마의 눈알을 네 머리통 속에서 이리저리
굴리기나 해라! 그 참을 수 없는 형상으로 내게 맞서 반항해 보아라!
그녀는 감옥에 갇혀 있단 말이다! 돌이킬 수 없는 곤경에 처해 있단   10
말이다! 악령들의 손에 넘겨져 냉혹한 재판관 앞에 서게 되었다! 그
동안 네놈은 나를 내키지도 않는 소일거리에 몰아넣고, 날로 더해
가는 그녀의 고통을 숨긴 채, 그녀를 절망의 구렁텅이에 빠뜨리고
말았단 말이다!

메피스토펠레스

그런 꼴이 된 건 그녀가 처음은 아니올시다.   15

파우스트

개 같은 놈! 역겨운 짐승 같은 놈! – 무한한 정령이시여,
이 벌레 같은 놈을 다시 개의 형상으로 바꿔다오. 이놈은 밤에 개의
모습으로 즐겁게 내 앞을 뛰어다녔으며, 죄 없는 나그네의 발치에서
뒹굴다가, 그가 쓰러지면 어깻죽지를 물고 늘어지곤 하였다. 이놈을
다시 자기가 좋아하는 모습으로 바꿔다오. 그러면 내 앞 모래 위에   20
서 배를 깔고 기어가겠지. 그때 이 망할 놈을 두 발로 짓이겨주겠다!

– 그녀가 처음은 아니라고! – 비참한 일이다!

비참한 일이야! 이 비참한 구렁텅이 속에 빠진 게 한 사람만이 아니라는 것이 인간의 마음으론 도무지 이해할 수가 없구나! 영원히 용서 하시는 신 앞에서 사무치는 죽음의 고통을 첫 번째 겪은 사람[2] 만으로도 다른 자들의 죄를 사하지 못했다는 것이 이해할 수 없구나!

나는 한 여인의 슬픔만으로도 뼈와 살이 깎이는 괴로움을 느끼는데, 네 놈은 수많은 사람들의 운명을 태연하게 조롱할 수 있단 말이냐!

메피스토펠레스

이제 우리는 다시 지혜의 한계에 도달했소이다. 이쯤 되면 당신들 인간들은 머리가 돌아버릴 거요. 끝까지 해낼 수도 없으면서, 왜 나와 한패가 된 겁니까? 날고는 싶은데 눈앞이 어지러워서 안된다는 건가요? 우리가 당신에게 강요한 거요? 아니면 당신이 우리에게 졸라댄 거요?

파우스트

네놈의 탐욕스런 이빨을 내밀지 마라! 구역질이 난다. 위대하고 장엄한 정령이시여, 그대는 나에게 모습을 보여주었을 뿐 아니라 내 마음과 내 영혼을 알고 있을진대, 어찌하여 인간의 불행을 고소해하고 인간의 파멸을 즐거워하는 이 따위 비열한 놈을 친구로 붙여주었는가?

메피스토펠레스

---

2) 예수 그리스도를 가리킨다.

말 다했나요?

파우스트

그녀를 구해내라! 그렇지 않으면 네가 한 번 당해보겠느냐! 수천 년
을 두고 네놈에게 가장 지독한 저주를 퍼부으리라!   15

메피스토펠레스

나는 응징하는 자의 사슬을 풀 수도 없고, 빗장을 열 수도 없어요.

그녀를 구하라고요? 그녀를 파멸로 몰아넣은 게 누구였든가요? 나인
가요?

당신인가요?

파우스트 *(사납게 주위를 둘러본다.)*

메피스토펠레스

날 태워 죽이려고 번갯불이라도 잡으려는 겁니까? 당신들 가련한   20
인간에게 그런 게 주어지지 않아 다행이외다! 순진하게 대해 주는
나를 박살내려 하다니, 마치 당황한 나머지 불평을 떠들어대는 폭군
같은 꼴이군요.

파우스트

날 그녀에게 데려다 다오! 그녀를 구해내야겠다!

메피스토펠레스

당신이 당할 위험은 어떡하지요? 그 마을에는 아직 당신이 저지른   25
살인죄가 남아 있다는 걸 알아야 합니다. 살해당한 자의 무덤 위엔
복수의 영들이 떠돌며 살인자가 나타나기만을 기다리고 있어요.

파우스트

아직도 그대 입에서 그런 말이 나오느냐? 세상의 살인과 죽음의 저
주를 뒤집어 쓴 괴물아! 날 안내하라고 하지 않았느냐? 그녀를 구하
란 말이다!

메피스토펠레스

데려다 주지요. 하지만 내가 할 수 있는 일이 무엇인지 들어 보시오!　　30
내가 하늘과 땅의 모든 권한을 가지고 있지는 않으니까요! 내가 간
수의 정신을 몽롱하게 해놓을 테니 당신이 열쇠를 빼앗아 그 앨 인
간의 손으로 구출해 내시요! 내가 망을 보리다. 마법의 말을 준비했
다가 당신들을 도망치게 하는 것, 이게 내가 할 수 있는 일이요.

파우스트

자, 출발하자!　　35

밤, 넓은 들판

(파우스트와 메피스토펠레스, 검은 말을 타고 쏜살같이 달려온다.)

파우스트

저것들은 형장 근처에서 무얼 하고 있지?

메피스토펠레스

무얼 끓이고 만드는지 모르겠군요.　　4400

파우스트

떠올랐다가는 가라앉고, 고개를 숙이거나 허리를 굽히기도 하고.

메피스토펠레스

마녀의 무리올시다.

파우스트

모래를 뿌리면서 주문을 외우는군.

메피스토펠레스

지나갑시다! 지나가!

감옥

파우스트 *(열쇠꾸러미와 등불을 들고, 조그만 철문 앞에 서서)*

오랫동안 잊었던 두려움이 날 엄습하고,   4405

인생의 온갖 슬픔이 날 사로잡는구나.

여기 습기 찬 벽 뒤에 그녀가 갇혀 있겠지.

그녀의 죄란 악의 없는 망상에 불과했건만!

그런데도 나는 그녀에게 가기를 망설인다!

그녀를 다시 만나는 것이 두렵구나!   4410

하지만 어서 가자! 나의 망설임은 그녀의 죽음을 재촉할 뿐이다.

(그는 자물쇠를 잡는다. 안에서 노랫소리가 들린다.)

이내 몸을 죽인 건,

창녀인 우리 엄마!

이내 몸을 먹은 건,

악한인 우리 아빠!¹⁾   4415

내 뼈를 주워 올려,

시원한 곳에 묻어준 건,

내 어린 동생이래요.

그래서 난 예쁜 산새가 되어,

포로릉 포로릉 날아다니죠.   4420

파우스트 *(자물쇠를 열면서)*

자기 애인이 여기서 귀를 기울려 쇠사슬이 쩔렁대는 소리, 지푸라기
가 바삭대는 소리를 듣고 있음을 그녀는 까맣게 모르고 있구나!

(안으로 들어간다)

마르가레테 *(그 자리에서 몸을 숨기며)*

아, 이를 어쩌나! 그들이 오나봐. 나는 참혹한 죽음을 당하겠구나!

파우스트 *(나지막이)*

조용! 조용! 나요. 당신을 구하러 왔소.

마르가레테 *(그의 앞에 몸을 던지며)*

당신도 인간이라면, 나의 고통을 헤아려 주세요.   4425

파우스트

그렇게 소리 지르면 간수가 잠에서 깨요!

(쇠사슬을 잡고 그것을 풀려고 한다)

---

1) 이 부분은 그림 Grimm 동화에 나오는 노래를 다소 변형시킨 것이다.

마르가레테 *(무릎을 꿇고)*

누가 형리인 당신에게,

날 죽일 권한을 주었나요?

한밤 중에 벌써 끌어내는군요.

제발 불쌍히 여겨 날 살려주세요!　　　　　　　　　　4430

내일 아침이라도 시간은 충분하지 않나요? *(일어선다.)*

난 아직 이렇게 젊은데, 이렇게 젊은데!

벌써 죽어야 하나요?

예쁘기도 했답니다. 그것이 화가 된 거지요.

다정한 분이 가까이 있었지만, 지금은 멀리 떠나버렸어요.　　4435

화환은 찢어지고 꽃들은 흩어져버렸지요.

그렇게 강압적으로 날 붙잡지 마세요!

온정을 베풀어주세요. 내가 당신에게 무슨 짓을 했던가요?

나의 하소연을 헛되지 않게 해주세요.

지금껏 한 번도 당신을 뵌 적이 없었잖아요!　　　　　　4440

파우스트

오, 이 비참함을 어째야 좋단 말이냐!

마르가레테

이제 나의 목숨은 완전히 당신 손에 달렸어요.

우선 아기에게 젖이나 먹이게 해주세요.

그 앨 밤새도록 껴안고 있었는데,

날 괴롭히려고 그들이 빼앗아 갔어요.　　　　　　　　　4445

내가 그 앨 죽였다는 거예요.

이제 내 마음은 다시는 즐거워질 수 없어요!

그들은 날 빈정대는 노랠 부르고 있어요! 나쁜 사람들이예요!

어느 옛날 동화가 그렇게 끝나고 있지만,

그것이 내 이야기라고 할 건 없잖아요?   4450

파우스트 *(몸을 던져 엎드리며)*

사랑하는 사람이 당신 발밑에 엎드려 있소.

이 비참한 옥살이로부터 당신을 구하러 왔소.

마르가레테 *(그의 옆에 꿇어앉으며)*

오, 함께 무릎을 꿇고, 성자들께 호소해요!

보세요! 이 계단 아래,

저 문지방 아래,   4455

지옥이 부글거리며 끓고 있어요!

마귀가

무섭게 화를 내면서

요란스레 날뛰고 있어요!

파우스트 *(큰소리로)*

그레첸! 그레첸!   4460

마르가레테 *(귀를 기울이며)*

이건 그 분의 음성이야!

(벌떡 일어난다. 쇠사슬이 떨어진다.)

어디 계실까? 그이가 부르는 소리를 들었는데.

나는 살았다! 아무도 그 일 막지 못할 거야.

그이의 목을 얼싸안고,

그이의 가슴에 안기고 싶어!   4465

그레첸! 하고 부르셨어. 그분은 문지방 위에 서 계셨지.

지옥이 울부짖고 으르렁대는 가운데,

성난 마귀들이 조롱하는 가운데,

난 그이의 달콤하고 정다운 목소리를 들을 수 있었어.

파우스트

그게 바로 나요!

마르가레테

당신이군요! 오, 다시 한 번만 말해 주세요!   4470

(그를 붙잡으며)

그이야! 그이! 괴로움은 모두 어디로 가버렸지?

감옥의 공포, 쇠사슬의 공포는 어디로 사라졌지?

당신이군요! 날 구하러 오셨군요!

난 이제 살았어요! –

벌써 그 거리가 다시 보이는군요.   4475

당신을 처음 만났던 거리 말이에요.

마르테 아주머니랑 당신을 기다리던,

그 멋진 정원도 보이고요,

파우스트 *(데리고 나가려 애를 쓰면서)*

자, 함께 갑시다! 어서!

마르가레테

오, 잠깐만!

난 당신이 계신 곳에 있고 싶어요. *(그를 애무한다.)*　　　　　4480

파우스트

서둘러요!

서둘지 않으면,

우린 곧 비싼 대가를 치르게 될 거요.

마르가레테

어째서죠? 당신은 키스할 줄도 모르시나요?

잠시 떨어져 있었다고,　　　　　4485

키스까지도 잊으셨나요?

당신의 목을 부여안고 있는데도 왜 이리 불안한가요?

전에는 당신의 말씀 한 마디, 눈길 한 번에도,

온 하늘이 내려와 날 감싸주는 것 같았고,

당신의 키스만 받아도 숨이 막힐 것 같았어요.　　　　　4490

키스해 주세요!

아니면 내가 키스해 드리겠어요! *(파우스트를 얼싸안는다.)*

어머나! 당신 입술이 싸늘하군요.

말씀도 없으시고,

당신의 사랑은,　　　　　4495

어디로 가버렸나요?

누가 내 사랑을 뺏어갔나요? *(그에게서 몸을 돌린다.)*

파우스트

어서 날 따라와요! 제발 용기를 내요!

천 배나 뜨거운 정열로 당신을 안아주겠소.

날 따라오기만 해요! 제발 부탁이요!   4500

마르가레테 *(그에게 몸을 돌리며)*

정말 당신인가요? 틀림없는 당신인가요?

파우스트

정말 나요! 그러니 함께 갑시다!

마르가레테

당신은 사슬을 풀어 주시고,

날 다시 품안에 안아주시는군요.

날 꺼려하지 않으시다니, 웬일이지요? –

대체 누굴 구하려고 하는지 알기나 하세요?   4505

파우스트

자, 갑시다. 벌써 날이 새고 있단 말이요.

마르가레테

난 어머니를 죽였고,

우리 아기를 물속에 빠뜨렸어요.

그 애는 당신과 나에게 내린 선물이 아니었던가요?

당신에게도 말예요. 정말 당신인가요? 전 믿을 수가 없어요.   4510

당신의 손을 주세요! 꿈은 아니군요!

사랑스런 당신의 손! – 아, 그런데 왜 이리 축축하지요?

어서 닦으세요! 거기 묻은 건,

피같이 느껴져요.

오, 맙소사! 무슨 짓을 저질렀나요?   4515

그 칼을 집어넣으세요.

제발 부탁이에요!

파우스트

지난 일은 지나간 걸로 해둡시다.

그 말을 들으니 죽고 싶구려.

마르가레테

아녜요. 당신은 살아남아야 해요!   4520

당신에게 무덤 자리를 일러드리겠어요.

내일이라도 곧

살펴봐 주세요.

어머니를 제일 좋은 자리에 모시고,

바로 옆에 오라버니를,   4525

좀 떨어진 곳엔 나를 묻어주세요.

하지만 너무 떨어져서는 안돼요!

아기는 내 오른편 가슴 쪽이에요!

그밖엔 내 곁에 아무도 묻어선 안돼요!

당신 곁에 꼭 붙어 다니던 일이,   4530

나에겐 감미롭고 아름다웠던 행복이었어요!

그런 일이 다시는 이루어질 수 없겠지요.

어쩐지 내가 당신에게 억지를 부리는 것 같고,

당신도 날 밀어내는 것만 같아요. 하지만 틀림없는 당신이군요.

여전히 다정하고 선한 눈빛으로 바라보시는군요.   4535

파우스트

내가 틀림없다는 걸 알았다면 어서 갑시다!

마르가레테

저 밖으로요?

파우스트

그래요, 밖으로.

마르가레테

밖에 무덤이 있고,

죽음이 나를 기다리고 있다면, 그렇다면 가겠어요!

하지만 아니에요, 여기서 영원히 잠자리에 들겠어요.   4540

한 발자국도 움직일 수 없어요. –

당신은 이제 떠나시나요? 오, 하인리히, 함께 갈 수만 있다면!

파우스트

갈 수 있고말고! 마음만 먹으면! 문은 열려 있소.

마르가레테

난 가서는 안돼요. 나에겐 아무 희망이 없는걸요.

도망간들 무슨 소용이 있겠어요? 그들이 날 노리고 있을 텐데.   4545

구걸한다는 건 비참한 일이에요.

게다가 양심의 가책은 어떡하고요!

낯선 고장을 떠돌아다니는 것은 또 얼마나 비참한 일인가요.

결국은 그들에게 붙잡히고 말 텐데!

파우스트

내가 당신 곁에 있겠소.   4550

마르가레테

빨리 가세요! 빨리요!

당신의 불쌍한 아이를 구해 주세요.

어서 떠나세요! 시냇물을 따라

작은 길을 올라가세요.

징검다리를 건너,   4555

숲속으로 들어가면,

왼편에 널빤지가 세워져 있는,

그곳 연못 속이에요.

어서 그 애를 붙잡아요!

위로 떠오르려고,   4560

아직도 허우적거리고 있어요!

구해주세요! 어서요!

파우스트

제발 정신 좀 차려요!

한 걸음만 나가면 자유롭단 말이요!

마르가레테

우리가 이 산만 지나쳤다면!   4565

저 바위 위에 어머니가 앉아,

내 머리채를 뒤에서 잡아당기는 것 같아요!

저 바위 위에 어머니가 앉아,

머리를 흔들고 계세요.

눈짓도 고갯짓도 안 하시는 게, 머리가 무척 무거우신가 봐요.　　4570

너무 오래 주무셔서 깨어나질 못하네요.

우리가 즐거움을 누리도록 주무시고 계셨던 거예요.

그땐 참 행복한 시절이었는데!

파우스트

간청해도 소용없고, 말을 해도 소용없으니,

당신을 안고라도 나가야겠소.　　4575

마르가레테

안돼요, 날 놔두세요. 억지로 그러시는 건 싫어요!

그렇게 강압적으로 날 붙잡지 마세요!

다른 일은 모두 기꺼이 해드렸지 않았나요.

파우스트

날이 새는구려! 내 사랑, 제발!

마르가레테

날이 샌다고요? 정말이네요! 마지막 날이 다가오는군요.　　4580

내 결혼날이 될 거예요!

그레첸 곁에 있었다고 아무에게도 말하시면 안돼요.

화관이 망가져서 어쩌죠?

저질러진 일이니 어쩔 수 없군요.

우린 다시 만날 거예요.   4585

하지만 춤추는 곳에선 싫어요.

사람들이 몰려와요. 소리는 들리지 않지만,

광장에도 골목에도,

사람들로 가득 찼어요.

종이 울리고, 막대기가 부러져요.[1]   4590

그들이 나를 꽁꽁 묶어놓는군요!

나는 벌써 처형대까지 끌려왔어요.

내 목에서 번쩍이게 될 칼날을,

모두들 자기 목에서 느끼나 봐요.

세상은 무덤처럼 고요하군요!   4595

파우스트

오, 차라리 태어나질 말았더라면!

메피스토펠레스 *(문밖에 나타난다.)*

서둘러요! 그렇지 않으면 당신들은 끝장이오.

왜 쓸데없이 두려워하고, 망설이고, 지껄이기만 하는 거요!

말들이 추워서 떨고 있어요!

아침이 밝아온단 말이오.   4600

마르가레테

---

1) 처형하기 전에 죄수의 머리 위에서 하얀 막대기를 부러뜨렸다고 한다.

저기 땅에서 솟아나온 것은 무엇인가요?

그 사람이군요! 그 사람! 저 사람을 쫓아버리세요!

이 거룩한 곳에서 무얼 하겠다는 걸까요?

날 잡아가려나 봐요!

파우스트

당신은 살아야 해!

마르가레테

하느님, 심판해 주옵소서! 저를 당신의 손에 맡기겠나이다.　　4605

메피스토펠레스 *(파우스트에게)*

갑시다! 가요! 아니면 당신을 저 계집과 함께

내버려두겠소.

마르가레테

하늘에 계신 아버지! 저는 당신의 것입니다. 절 구원해 주소서!

천사들이여! 그대들 성스러운 무리여.

절 에워싸고 지켜 주소서!

하인리히! 당신이 무서워요.

메피스토펠레스

그녀는 심판을 받았소!

목소리 *(위로부터)*

구원을 받았느니라.

메피스토펠레스 *(파우스트에게)*

내게로 오시오! 자, 빨리 사라집시다.

(파우스트와 함께 사라진다.)

목소리 *(안에서 점점 사라지며)*

하인리히! 하인리히!

작품해설

1) 전설의 파우스트와 괴테의 파우스트

파우스트는 15-16세기경 독일에 실존하였다는 연금술사의 이름이다. 여기에 다른 여러 마술사들의 이야기가 혼합되어서 요한 파우스트 박사와 악마 메피스토펠레스의 계약 이야기는 16-17세기에는 파우스트 전설이 되어 독일 각지에 널리 유포되었다. 주인공 파우스트는 모든 학문과 재주를 획득하였으나 만족치 못하고 우주의 신비와 최고의 향락 및 부귀를 맛보고자 악마에게 영혼을 판다. 악마는 파우스트가 이 세상에서 살아있는 동안 그가 원하는 것은 다 들어주고 그 대가로 24년 후에는 그의 영혼을 악마의 마음대로 가져가도 좋다는 계약을 맺는다. 파우스트 소재는 이후 독일문학에서 레싱, 클링거, 니콜라우스 레나우, 하이네, 토마스 만 등에 의해 꾸준히 다루어지고 있다.

괴테(1749-1832)가 자라면서 영향을 받은 파우스트 소재는 파우스트 민중본(Volksbuch), 인형극(Puppenspiel), 계몽주의 작가 레싱(1729-1781)이 쓴 『파우스트 단편』(Faust Fragment. 1775) 등으로 알려지고 있다.

민중본으로는 프랑크푸르트의 출판업자 요한 스피쓰(Johann Spiess)가 1587년에 쓴 『요한 파우스트 이야기』(Historia von Dr. Johann Fausten)가 있다. 당시 민중들 사이에서 널리 읽혔던 작품이다. 1588년에는 파우스트의 영어 번역본이 영국극작가 크리스토퍼 말로우(1564-1593)에 의해 『파우스트 박사의 비극적 이야기』(Tragical History of Dr. Faustus)란 제목으로 영국에서 출판되었다. 그는 윌리엄 셰익스피어(1564~1616)와 같은 해에 태어나 셰익스피어와 함께 엘리자베스여왕시대의 연극에 활기찬 인물로 시작했지만 29세란 젊은 나이에 죽는 바람에 업적은 크게 남기지 못했다. 이 작품은 영국의 순회극단에 의해 독일로 역수입되어 민중극 또는 인형극으로 상연되었다.[1] 이런 과정을 거쳐 소년시절 괴테가 가지게 되었던 흥미 위주의 단순한 파우스트의 이해에 큰 변화를 갖게 된 것은 18세기 독일 계몽주의 작가 레싱이 쓴『파우스트 단편』을 읽고서 였다. 그는 괴테보다 20년 먼저 태어난 선배 작가다. 레싱은 지식에 대한 무한한 욕망을 가진 인간 파우스트를 악마에게 희생되지 않고 구원에 이르는 존재로 그렸던 것이다. 괴테는 레싱의 이러한 파우스트 해석을 이어받아, 주인공이 악마에게 파멸되는 존재가 아니라, 신에 의해 구원되는 존재로 서술하고 있다.

괴테가 쓴 파우스트 본에는 4편이 있다. 1) 1774년 25세에 쓴『초고 파우스트』(Ur—Faust) 2) 1790년 41세에 출간한『파우스트 단편』(Faust, ein Fragment) 3) 1808년 59세에 출간한 『파우스트 Ⅰ』(Faust, Die Tragödie erster Teil) 4) 1831년 82세에 완성한 『파우스트 Ⅱ』(Faust, Die Tragödie zweiter Teil)이다. 여기에 번역된 본은 『파우스트 1』과 『파우스트 Ⅱ』다. 괴테는 주인공 명칭을 민중본의 요한 파우스트에서 하인리히 파우스트로 바꾸고 있다.

2)『파우스트 Ⅰ』요약

헌사(獻詞): 파우스트를 미완성인 채 발표하여 친지들에게 낭독해 주던 옛날을 생각하며 파우스트 1부가 완성된 지금 그들이 세상을 떠났거나 멀리 헤어져 있

---

1) 박찬기 : 독일문학사. 일지사 1992. 185쪽.

음을 쓸쓸히 회상하고 있다.

무대 서막 : 실리주의자인 극장 지배인과 이상주의자인 시인 그리고 관중을 웃기는 어릿광대가 각각의 입장에서 연극에 대해 말하고 있다.

천상의 서곡 : 천계를 다스리는 라파엘, 대지를 다스리는 가브리엘, 대기 중 모든 현상을 다스리는 미하엘이 신의 창조를 찬양하고 있다. 메피스토펠레스가 등장하여 인간의 비참한 모습을 말하고, 주님은 그의 창조물인 파우스트를 메피스토펠레스에게 맡기면서 그를 유혹하여 지옥으로 타락시킬 수 있다면 해보라고 한다. 그러나 신은 노력하는 인간은 방황하기 마련이지만, 선한 인간은 어두운 충동 속에서도 바른 길을 알고 있는 법이라고 인간에 대한 믿음을 확신하고 있다.

비극 제 1 부 : 파우스트는 부활절 밤에 서재에 앉아 신의 경지에 도달하려는 높은 희망에 벅찼지만, 지령의 출현 이후 그 세계에서 거부되는 자신의 미약함에 절망을 느낀다. 실험실의 독약으로 자살을 시도하려다가 새벽 찬송가 소리를 듣고 생각을 바꾼다. 조수 바그너와 함께 아침 산보를 나가, 마을 사람들의 평화로움 속에서 시간을 보내나 악마를 예감케 하는 전조를 느낀다. 서재에서 파우스트는 악마 메피스토펠레스를 만난다. 파우스트와 악마는 이 세상에서는 악마가 파우스트의 지시에 따라 시중을 들며 쉬지 않고 일하고, 그 대신 저승에서 다시 만날 땐, 파우스트가 악마에게 같은 일을 해주기로 계약을 맺는다. 악마와의 계약은 파우스트에게 새로운 세계를 열어준다. 먼저 아우어바하의 지하 술집에 들려 흥겨운 대학생들의 모습을 본다. 악마는 늙은 파우스트를 마녀의 부엌으로 데리고 가서 마술로 다시 젊게 만든다. 젊은 파우스트는 악마의 수단으로 그레첸을 만나 사랑에 빠지지만, 결국 그레첸의 어머니와 오빠를 죽게 한다. 그레첸은 자신의 죄를 책망하는 악령에게 시달려 파우스트와의 사이에서 낳은 아이를 물에 던져 죽이고 감옥에 갇히게 된다. 파우스트는 악마를 재촉하여 감옥으로 가서 그녀를 구해내려 하지만, 그녀는 어머니와 오빠의 죽음 그리고 죽은 아이의 환각이 떠올라 사랑했던 남자를 따라 도망을 갈 수가 없다. 시간이 흘러 악마는 그녀가 벌을 받았다고 말하고, 그때 천상에서는 그녀가 구원되었다는 소리가 들려온다. 파우스트는 악마에게 이끌려 그레첸을 옥중에 남긴 채 감옥을 빠져 나간다.

3) 『파우스트 Ⅱ』 요약

1부와는 달리 2부는 5막으로 되어있다.

제1막 : 그레첸을 옥중에 두고 온 파우스트는 피곤에 지쳐 풍경이 아름다운 알프스 산중에 누워 마음의 상처를 치료한다. 악마는 재정 파탄에 허덕이는 황제의 궁정에 들어와 지하에 묻힌 보물을 담보로 지폐를 발행하여 모든 국가의 빚을 해결한다. 파우스트는 부의 신 플루투스로, 악마는 말라빠진 사람으로 분장하여 등장한다. 제국은 환희에 넘쳤고 황제는 파우스트와 메피스토펠레스의 지혜와 공훈을 치하한다. 황제는 더 나아가 파우스트에게 세계 제일의 미남미녀 파리스와 헬레나를 보고 싶다고 한다. 악마는 파우스트에게 파리스와 헬레나를 불러오려면 우선 '어머니의 나라'에 내려가서 거기에 있는 삼발이 향로를 가져와야 한다고 열쇠를 준다. '어머니의 나라'란 일체의 현상이 환상으로 존재하는, 시간과 공간을 초월한 공허한 장소다. 열쇠로 향로를 부딪치면 향로가 올라오며 그 속에서 여신이 나타난다는 것이다. '어머니의 나라'로 내려간 파우스트는 열쇠를 향로에 부딪친다. 사방으로 퍼지는 검은 연기가 걷히더니 그 속에서 미소년 파리스가 잠이 든 채 나타난다. 이번에는 고대 그리스의 미녀 헬레나가 파리스에 다가가서 키스를 한다. 파우스트는 헬레나를 보고 그 아름다움에 감탄한 나머지 헬레나를 잡으려고 달려든다. 그 순간 열쇠가 파리스의 몸에 닿아 폭발이 일어나, 미남미녀의 모습은 사라지고 파우스트는 그 자리에 쓰러진다.

제2막 : 악마는 의식을 잃은 파우스트를 그의 옛 서재로 데려간다. 그곳에서 조수였던 바그너가 인조인간 호문쿨루스를 만들어 낸다. 뛰어난 인지의 능력을 갖춘 이 피조물은 헬레나에 대한 파우스트의 동경을 감지하고 그를 옛 그리스 세계인 고전적 발푸르기스의 밤으로 안내한다. 파우스트가 헬레나를 찾는 동안 원소의 추출물에 불과한 호문쿨루스는 현실적 존재가 되려다가 파멸한다.

제3막 : 스파르타에 있는 메넬라오스 왕의 궁전 앞에 헬레나가 등장한다. 메넬라오스 왕은 왕비 헬레나가 트로이 왕자 파리스에게 유괴 당했기 때문에 그리스 대군을 이끌고 10년간 트로이를 포위해서 멸망시키고 헬레나를 찾아 온 것이다. 궁전에는 포르키스 모습으로 변장한 메피스토펠레스가 못생긴 시녀의 모습을 하고 기다리고 있다. 앞서 헬레나는 돌아가 희생의 제단을 준비하라는 남편 메넬라오스의 명령을 받았지만 희생의 제물이 무엇인지는 모르고 있다. 포르키스는 모든 준비는 완료되었으며, 제물은 헬레나라고 말한다. 헬레나는 살아날 방법을 찾는다. 포르키스는 헬레나에게 스파르타 북방 산간 지역에 성을 쌓고 사는 이민족의 성주에게 가면 살 수 있다고 말하면서 그녀를 성주인 파우스트에게 데리고 온다. 파우스트는 그녀를 여왕으로 추대하며 행복을 보증한다. 그들 사이에 아들 오이포리온이 태어난다. 아들은 자유분방한 성격이 강했는데 어느 날 무모하게 공중으로 날다가 떨어져 죽는다. 지하에서 어머니를 부르는 오이포리온의 목소리를 듣고 헬레나는 옷과 면사

포를 파우스트에게 남기고 하계로 돌아간다. 포르키스도 다시 메피스토펠레스로 돌아온다.

제4막 : 헬레나를 잃은 파우스트는 구름을 타고 독일로 돌아온다. 파우스트에게 악마는 다시 한 번 욕망과 즐거움을 마련해 주려 한다. 파우스트는 그의 제안을 단호히 거절한다. 파우스트는 악마에게 인간의 지혜로 바다를 정복하고 싶다는 욕망을 이야기한다. 바닷물을 막아 인민을 위한 광대한 신천지를 건설하는 것이다. 때마침 반역황제가 나타나 전쟁이 일어난다. 파우스트는 악마의 힘을 빌려 황제를 도와 승리하게 한다. 전공(戰功)에 대한 보상으로 해안 일대의 토지를 하사 받는다.

제5막 : 파우스트는 해안 일대를 메워 신천지를 건설한다. 언덕 위에는 노부부 필레몬과 바우치스의 오두막이 있었다. 파우스트는 그곳에서 그가 건설한 국토를 내려다보기 위해 노부부에게 새로운 토지를 주고 이사 가도록 했는데 거절당한다. 파우스트는 메피스토펠레스에게 그들을 철거시키도록 했는데, 메피스토펠레스의 난폭한 행동으로 오두막과 예배당이 불타 없어진다. 파우스트는 책임을 느끼고 괴로워한다. 그는 악마와의 결탁이 무의미함을 깨닫는다. 〈근심〉의 영(靈)이 그의 눈을 멀게 하지만, 마음의 눈은 그가 성취한 자유의 땅, 복락의 사회를 바라본다. 그래서 그는 순간을 향해 주저 없이 외친다. "오, 멈춰라, 너 정말 아름답구나!" 이 말과 함께 파우스트는 그의 생을 마감한다. 이 순간을 기다려온 악마는 부하들과 함께 파우스트의 영혼을 데려가려한다. 그러나 실패한다. 속죄의 여인 그레첸의 사랑이 하늘의 은총을 받아 파우스트의 영혼을 구해낸 것이다. 천사들에 둘러싸여 영혼이 승천하는 가운데 "영원한 여성이 우리를 인도하리라!"는 신비의 합창이 울려 퍼지며, 1부 2부 합쳐 12111행의 긴 작품은 끝난다.

파우스트 I

Die Tragödie erster Teil

초판 인쇄 2021년 5월 5일 | 초판 1쇄 출간 2021년 5월 15일 | 저자 요한 볼프강 폰 괴테 | 옮긴이 윤용호 | 펴낸이 임용호 | 펴낸곳 도서출판 종문화사 | 디자인·편집 디자인오감 | 영업이사 이동호 | 인쇄 천일문화사 | 제본 영글문화사 | 출판등록 1997년 4월 1일 제22-392 | 주소 서울시 은평구 연서로 34길2 3층 | 전화 (02)735-6891 | 팩스 (02)735-6892 | E-mail jongmhs@hanmail.net | 값 15,000원 | ⓒ 2019, Jong Munhwasa printed in Korea | ISBN 979-11-87141-66-2-04850 | ISBN 979-11-87141-56-3-04850(세트번호) 잘못된 책은 바꾸어 드립니다.